LA CASA DEL FIN DEL MUNDO

José María Plaza

La casa del fin del mundo

edebé

Proyecto y dirección: EDEBÉ

Paseo de San Juan Bosco, 62
08017 Barcelona
www.edebe.com

Directora de la colección: Reina Duarte
Diseño: Els Altres

6.ª edición

ISBN 978-84-236-8698-8
Depósito Legal: B. 8027-2011
Impreso en España
Printed in Spain

Índice

1. Un verano juntos

Lo habíamos conseguido. Sin embargo, nada estaba saliendo según lo planeado. Por eso me sentí tan mal aquella tarde en la que llevaba más de una hora sin dejar de mirar por los cristales.

A mi madre le pareció sospechoso.

—¿Qué es lo que miras con tanto empeño? —me preguntó.

—¡Nada! —dije, y era cierto, pero como no me creía se acercó al ventanal, y lo único que pudo contemplar fue una calle inmensamente vacía, que debía de estar así desde el comienzo de los tiempos.

—¡Hijo, qué imaginación tienes! —exclamó al ver que no me cansaba de mirar aquel aburrido paisaje, y luego añadió—: ¿Seguro que no te apetece ver un poco la tele?

—¡No, mamá, odio la tele! —pataleé con rabia.

Y es que por culpa de no sé qué programas de

televisión David no estaba ahora conmigo. Le llamé nada más llegar al pueblo, pero me dijo que tenía que deshacer la maleta. Luego me contó que iba a ordenar su habitación; después, que tenía que comer; y al final, cuando le llamé por cuarta vez, me dijo que estaba agotado y que lo único que le apetecía era descansar tranquilamente en el sofá viendo algo en la tele.

—¿Para eso hemos venido aquí de vacaciones? —le grité.

No tuvo fuerzas ni para responderme.

Tampoco me contestó Cris. Cuando llamé a su casa, se puso su padre y me contó que su querida hija se había ido de compras con su mujer y que, en esos casos, nunca se sabe lo que van a tardar.

Después de dos fracasos seguidos decidí no telefonear a Belén, sino que me presenté directamente en su casa. Pensé que estaría ya preparada, esperándome.

Belén es una chica alegre, entusiasta, siempre dispuesta a hacer cosas y a salir por ahí. Le gusta la acción más que a nadie y no es de las que se quedan en casa. ¡Y menos, en un lugar así!

—¡Bueno, pues seremos dos! ¡No es demasiado, pero no está mal para empezar! —me dije, todo optimista, mientras llamaba a su puerta.

Me abrió Erika, su hermana pequeña. Tiene dos años menos que nosotros y podría ser una niña estupenda si no nos anduviera siempre detrás.

—¡Hola, Álvaro! —me saludó—. ¿Quieres que vayamos a dar una vuelta? —y sin esperar respuesta, añadió—: ¡Podemos explorar el pueblo!

—Eso es lo que pensaba hacer, pero ¡con tu hermana! Dile a Belén que estoy aquí.

—Se ha ido —me explicó—. Os ha estado esperando hasta que, como no dabais señales de vida, se hartó y se fue por su cuenta.

—¡Yo sí quería salir! ¡Yo sí quería salir! ¡Yo sí quería salir! —repetí, desesperado—. ¿Por qué no me llamó?

—Lo hizo, pero comunicabas siempre. También llamó al resto de la *pandi*.

—¿Y...?

—No lo sé. Yo no estoy pendiente de la vida de mi hermana —dijo, pero no se lo creía ni ella misma, y me explicó—: El caso es que Belén se fue tan enfadada que no me dejó acompañarla. ¿Quieres que vayamos a buscarla?

—Oh, no —le contesté sin pensarlo—. ¡Me esperan en casa!

La verdad es que Erika me cae muy bien y es una chica con la que se puede hablar mejor que con algunas compañeras de nuestro curso, pero no podía dejar que saliese conmigo y alguien me viera con una niña dos años menor. No hubiera sido una buena forma de presentarme en ese pueblo, suponiendo que hubiera más chicos de nuestra edad, aunque la verdad es que aún no había visto a nadie.

Desencantado, me encaminé hacia casa para lamentar lo mal que estaba saliendo aquella tarde, nuestra primera tarde, ahora que lo habíamos conseguido.

2. El enorme perro baboso

Lo que habíamos conseguido era pasar un verano juntos. ¡¡¡POR FIN!!!

Y no fue fácil.

Llevábamos años intentándolo: primero planeamos irnos todos a casa de la abuela de David, que seguro que nos dejaría ir a nuestro aire, pero eso mismo pensaron nuestros padres y no lo permitieron; después sugerí invitar a mis amigos al apartamento que tenemos en Torrevieja; y después hubo más intentos, pero todos salieron fatal. Al parecer, éramos unos egoístas que sólo pensábamos en nosotros y no entendíamos de qué iba la vida.

Sin embargo, fuimos tan pesados que logramos que nuestros padres se pusieran de acuerdo para alquilar una casa en el mismo pueblo y al mismo tiempo.

El mérito fue de Fernando, un chico de la otra clase que no forma parte de nuestra pandilla, aunque es buen amigo. Como pasa todos los veranos en un pueblo de por aquí cerca, su tía se enteró de estos alquileres y nos avisó. A nuestros padres se lo dimos todo hecho y ya no pudieron decirnos que no. Así que no cabía ninguna duda: lo habíamos conseguido y esa tarde, nuestra primera tarde juntos, tenía que haber sido especial.

Andaba lamentándome de lo desastroso que estaba saliendo todo, cuando me encontré otra vez con Erika.

—¿No te esperaban en casa? —me preguntó nada más verme.

—Es cierto —dije tratando de disimular—. Y como aún no he llegado, «me esperan».

Erika no reaccionó, así que recalqué:

—Me siguen esperando. ¿No lo ves?

—¡Ah, bien! —exclamó sin captar mi gracia—. Te acompaño un poco. Luego me pasaré por casa de Cris.

—No está —le advertí—. O al menos no estaba cuando yo la llamé.

—Me da igual. Voy para que me dejen alguno de los libros de misterio que ha traído para leer estos días. ¡Creo que aquí voy a tener mucho tiempo libre!

Yo pensé lo mismo, y me oí a mí mismo suspirar:

—¡Me tenía que haber traído mi laboratorio portátil!

—¿Para qué? —preguntó—. ¡Tú tienes tus amigos!

—Eso creía, pero no estoy seguro —lamentaba mi suerte de aquella tarde, pero al ver a Erika tan sola, añadí—: ¡Ya verás como tú también encuentras a gente de tu edad!

—¿Por aquí? —me dijo incrédula y miró a su alrededor—. ¡Si esto parece el desierto!

No había nadie por las callejuelas del pueblo y, si mirábamos las casas, estaban todas con las ventanas cerradas, como si en ellas no viviese nadie. Era una sensación muy extraña. En Madrid aquello era inimaginable. Nunca me había ocurrido. Pensé, por un instante, que estaba en otro lugar del planeta. O en otra época.

—¡Sí, aquí no hay ni un bicho viviente! —murmuré, sin saber lo que decía, y antes de que pudiera darme cuenta de mis palabras, sentí un calor pringoso en el cuello y algo que se apoyaba en mi espalda.

Quise darme la vuelta y caí al suelo. Sobre mí aterrizó un enorme perro del que sólo vi su asquerosa lengua en movimiento que, ¡puagh!, me lamía la cara.

—¡Eso es que le has gustado! —se acercó Erika a acariciar al animal.

Por suerte, el perro dejó de usarme como alfombra y se puso a jugar con ella.

Me levanté y me sequé el cuello y la cara con el pañuelo recién planchado que me había dado mi madre.

—¿Me lo dejas? —y antes de que respondiera, Erika ya me lo había cogido y empezó a limpiar con él las babas que le colgaban de la bocaza al enorme perro—. ¡Es que está muy contento! —lo justificó—. ¡Ya ves lo feliz que se ha puesto al encontrarte!

—¡Será a ti! ¡A mí sólo me ha tirado al suelo! —traté de explicar con exactitud la situación—. Además, yo no quiero animales, tengo otras cosas más importantes que hacer.

—No te hagas el duro, Álvaro. Seguro que te encantan —sugirió, equivocadamente, Erika.

Y fue entonces cuando me devolvió el pañuelo.

—¿Qué haces? —grité, sin tocarlo siquiera.

—¡Es tuyo! ¡Guárdatelo!

—¡Aghhh! Deja, deja, te lo regalo, se lo regalo a... —dije, mirando al perrazo, que daba vueltas alrededor de Erika pero no cesaba de mirarme con la boca abierta.

Antes de que volviera a ocurrirme algo desagradable, escapé de allí, derecho hacia casa, rabioso, incómodo y desanimado.

Al doblar una esquina, vi, al final de la calle, a una chica que andaba deprisa:

—¡Cris! ¡Cris! —grité, y corrí hacia ella—. ¿Ya has vuelto?

Cristina parecía como si no me oyera. Se había cambiado el peinado, y me llamó la atención el aire antiguo de su vestido. Imaginé que se lo habría comprado su madre, porque a Cris le gusta ir más cómoda.

Seguí gritando su nombre, y cuando estaba a menos de quince pasos para alcanzarla, la chica giró la cabeza, sorprendida, asustada de verme correr tras de ella. Antes de que abriera la boca, exclamé:

—¡Oh, perdón! ¡Perdona! Te había confundido con una amiga.

Era la primera persona que veía en aquel pueblo. Tendría mi edad, pero parecíamos muy distintos, como si viviésemos en mundos paralelos.

3. Una doble sorpresa

Al entrar en casa, mi madre me saludó como siempre, es decir, buscando un motivo para preocuparse.

—¡Qué pronto has vuelto! —dijo sin mirar, y con otro tono de voz añadió—: ¿Qué pasa?, ¿te has enfadado con tus amigos?

—No, mamá. Es que no estaban.

—¿Para eso nos habéis hecho venir aquí a todos? —se quejó mientras planchaba, y luego trató de consolarme—. No te preocupes, ya volverán. Ponte a ver la tele.

—¡Que no me gusta la tele, mamá!

Se lo he repetido un millón de veces. No sé por qué a todos los chicos nos ha de gustar la tele; yo tengo otras cosas más importantes a las que dedicar mi tiempo. O eso creía, porque de repente me vi tirado en el sofá dándole al mando a distancia que, para mi sorpresa, me mostraba un canal tras otro, y otro, y otro, y otro. ¡No podía ser, en aquel apartado lugar...!

—Mamá, ¿qué pasa con la tele? ¡Aquí se ven muchos más canales que en casa! —pregunté, más alarmado que entusiasta—, y eso que en Madrid tenemos una parabólica perfectamente orientada.

—¿Qué sé yo, hijo? ¡Será por el aire puro! —explicó tan feliz, y siguió planchando.

El descubrimiento de los múltiples canales me entretuvo el rato que estuve dándole al mando y curioseando, uno tras otro, los diversos programas, algunos en inglés, otros en francés, en italiano, un canal sólo de viajes, otro de moda, otro...

—¿Esto es un canal de la tele o una pecera? —exclamé, y me acerqué hasta la pantalla para mirar con detalle.

Es cierto que no me entusiasman los animales, pero aquel canal con peces de colores entrando y saliendo de sus cuevas, enterrándose en la arena y esas cosas, era el más entretenido. Parecía un acuario auténtico, e incluso se oía el gluglú del agua. Me puse a contemplarlo como si fuese una película.

Tan a gusto estaba que me quedé dormido en el sofá, no sé bien por cuánto tiempo. Cuando abrí los ojos creí que estaba soñando.

—¡Sorpresa! —me gritó Cris en plena oreja, con la voz más aguda de los últimos tiempos.

La sorpresa sería no haberme quedado sordo después de aquel grito.

Seguí abriendo los ojos, fijándome en lo que me rodeaba y al fin pude hacerme una idea de la realidad. Allí, delante de mí, estaban mis amigos: Cris, Belén y David, que me miraban como si no me conocieran.

—¡Venga, Álvaro! —se adelantó Belén—. Despiértate, coge la bici y vámonos a dar una vuelta antes de que se haga de noche.

—¿La bici?

Definitivamente estaba en otro mundo, y cuando aún seguía perdido, me sonó el móvil. ¿Quién podía ser si estaban mis amigos alrededor?

—¡Fernando! —contesté—. ¿Ya estás aquí?

—Llevo una semana aquí, ¿o es que no has leído mi correo?... —y enseguida preguntó—: ¿Estáis todos juntos?

—¿Lo has dudado? ¡Siempre estamos juntos! —dije, volviendo a mirar a mi alrededor por si acaso mis amigos se habían largado, y no sé por qué, como si quisiera asegurarme, los conté mentalmente: Belén, Cris y David, que son tres, y conmigo, cuatro. Así que repetí un poco sonámbulo—: Sí, todos.

—Pues coged toooodos —se rió— las bicicletas y pasaos por aquí. Esta noche hay verbena en mi pueblo y nos lo pasaremos en grande. Decid a vuestros padres que os quedáis en mi casa a dormir. Está mi familia al completo, pero habrá sitio para tooodos.

—Es que...

—¡Ánimo, que en menos de media hora estáis aquí! —insistió ante mis dudas—. No toméis la carretera, que da mucho rodeo. Mejor que vengáis por detrás de la iglesia: seguid el río y luego cogéis la segunda desviación a la derecha. No se te olvide, ¿eh?, la segunda. Y ya, todo recto, llegaréis hasta el pueblo. Lo encontraréis enseguida. Si no me veis, preguntad por mí, que todo el mundo me conoce.

—¿Qué quería? —preguntaron mis amigos al colgar, y yo les repetí lo que Fer me acababa de contar y lo del atajo para llegar antes de que se hiciera de noche.

—¿Seguro que has entendido por dónde ir? —preguntó Belén, que me conocía bien.

—¡Claro! No tiene ningún misterio. ¡Podría llegar con los ojos cerrados!

4. Perdidos

¡**Qué** bien! ¡Ya estábamos los cuatro rumbo a lo desconocido!

En realidad íbamos a las fiestas del pueblo de al lado, pero lo vivíamos como una peligrosa y apasionante hazaña. Eso es el espíritu de aventura.

A la salida del pueblo dimos la vuelta a la iglesia y nos topamos con un pequeño cementerio pegado a sus muros. La puerta estaba totalmente abierta y se divisaban algunas tumbas, pero no parecía que hubiese nadie por allí dejando flores.

Seguimos tranquilamente pedaleando hasta que David, que se había quedado retrasado, llegó hasta nosotros.

—¿No habéis observado algo raro? —nos preguntó, mirando hacia atrás.

—¡Tú siempre ves cosas raras! —le cortó Belén, que estaba harta de sus absurdas observaciones—. Seguro que te estás inventando algo.

—¡Que no! ¡Lo acabo de ver! Os lo puedo asegurar.

—Si te refieres a la puerta del cementerio, yo también he visto que estaba abierta y no había nadie dentro —dije, tratando de aclarar el asunto—. ¿Qué tiene de raro? Esas puertas tan viejas...

—¡Es que había alguien! —me interrumpió David—. Eso es lo que os quería decir. Alguien muy sospechoso que, al vernos, ha corrido a esconderse entre las tumbas. Lo sé muy bien porque nuestras miradas se han cruzado y...

David se quedó silencioso de repente, como si lo estuviera viviendo de nuevo. Realmente era un gran actor y sabía contar como nadie las cosas más inverosímiles.

—Y os habéis enamorado —bromeé—. ¡Ha sido un flechazo! ¿Nooo?

—¡No seas idiota! Os estoy contando la verdad. He visto a un tipo muy sospechoso, que no parecía del pueblo...

—¿Por qué?

—Por la ropa, que era muy rara, toda negra con una capa morada y... el pelo. ¿Sabéis que tenía el pelo largo? Casi le llegaba a los hombros...

Aquello era demasiado como para creerle. Belén comenzó a pedalear a fondo. Cris la siguió inmediatamente, y yo fui tras ella. David trató de no quedarse descolgado, pero no cesaba de gritar, a nuestras espaldas:

—Es verdad, os aseguro que es verdad lo que he visto. Además, si no fuera sospechoso, ¿por qué ha tratado de esconderse al verme?

Pero ya no le hacíamos caso.

Al cabo de un rato Belén aminoró su marcha y, una vez que la alcanzamos, proseguimos los cuatro al mismo ritmo. Ahora podíamos hablar tranquilamente, como hacíamos siempre, pero fue David el que se adelantó y prosiguió con el mismo tema.

—Le he dado muchas vueltas —dijo convencido—, y yo creo que era un fantasma...

—¡Seguro! —sonreí ante aquella idea tan absurda—. ¿Un fantasma?... ¡Tú sí que eres un fantasma! Te has tirado todo el día viendo la tele, ¿no te acuerdas?

—¡Oh, sí! ¡Es increíble! ¡No sabéis la de canales que se cogen en este lugar tan apartado! —recordó dichoso, y parecía como si, de repente, se hubiese olvidado de lo que nos había estado contando hasta entonces—. Hay un canal que es como una pecera de verdad.

—¡Ya lo he visto! —apunté.

—¡Y yo! —dijo Cris—, mientras me probaba un vestido que me ha comprado mi madre.

—¿Dónde? —le preguntó Belén—. Por aquí no hay ninguna tienda.

—Es que hemos ido a comprar comida a... ¡No sé cómo se llama! Es un pueblo grande que hay a media hora en coche. Lo vi en un escaparate de la plaza y como no he traído casi ropa...

—¿Seguro? —me reí y miré a David, que pedaleaba paralelo a mí.

Andábamos tan metidos en la conversación que nos habíamos olvidado de nuestro alrededor. Fue Belén, que se había puesto en cabeza, la que aminoró la marcha de su bici y preguntó:

—Álvaro, ¿qué desviación te dijo Fer que teníamos que tomar?

—La segunda a la derecha.

—¿Y cuántas hemos pasado ya?

—¡Anda, es verdad! —exclamé.

Entonces me di cuenta de que no había estado pendiente de la ruta.

—¡No lo sé...!

—Yo creo que nos hemos pasado de largo —Belén empezó a mirar hacia atrás.

—¿Os habéis fijado en que este río no se parece mucho al del principio?... —advirtió Cris—. Casi no tiene agua.

—Será un afluente —dijo Belén—. Aunque si es así, ¿dónde estamos?

—No lo sé, pero lo mejor es que volvamos atrás en busca de nuestra desviación —concluí—. Tiene que estar cerca. No hemos avanzado tanto.

—Venga, démonos prisa —sugirió Belén—. ¡Mirad el sol!

El sol se había partido por la mitad. Estaba todo rojo en el horizonte del fondo. Podía haber sido un bonito atardecer, pero no estábamos para esas cosas. Y menos yo, que me había quedado el último.

Apenas un centenar de pedaladas después, grité:

—Eh, chicos, esperadme. ¡Esperad!

—¿Qué pasa?

—Se me ha salido la cadena. ¡Es un momento!

Pero no era sólo la cadena, sino que también tenía las dos ruedas sin aire.

—¿Alguien ha traído la bomba de la bici?

—¡Toma! —dijo Belén.

Mientras ponía a punto mi bici, Belén y Cris se adelantaron en busca de la desviación que posiblemente habíamos dejado atrás.

El viento empezó a mover las hojas y las puntas más altas de los árboles, y oí una especie de eco... ¡en aquel lugar sin montes ni paredes cerca!

No me gustaba nada aquel atardecer, que se estaba revolviendo, como si fuese una batalla. «¡Menos mal que tengo al lado a David!», me dije, aunque era como si no estuviera, porque mi amigo sólo estaba pendiente del comecocos de su móvil.

Al cabo de unos minutos regresaron las chicas con buenas noticias:

—¡Hemos encontrado una desviación! ¿Veis aquellos arbustos que desde aquí parecen el lomo de un cocodrilo? —dijo Cris—. Pues detrás de ellos está el camino. ¡Démonos prisa, que casi no se ve!

—Yo, ejem, es que... —acababa de hacer un terrible descubrimiento—. ¡Creo que tengo pinchadas las ruedas!

—¿Estás seguro? —Belén me lanzó una mirada de fuego.

—¡O es eso, o es que tu bomba no sirve para nada!

—Pues, pues... —dijo Belén, mirando a su alrededor—, móntate en mi bici, que te llevo. ¡A ver qué podemos hacer, porque con tantos baches!

—¡Venga! —insistió Cris—, que es casi de noche y mi bici no tiene luz.

—¡Ni la mía! —añadió David.

—¡La mía, sí! No os preocupéis. En cuanto alcancemos esa desviación, seguimos todo recto y llegaremos al pueblo, ¿no es así, Álvaro?

—Sí, sí, sí, eso me dijo Fernando. ¿Veis? ¡No hay problema! —y para animar, añadí—: ¡Qué bien nos lo vamos a pasar! ¡Va a ser una noche inolvidable!

Pero la bicicleta de Belén no era una moto precisamente y con mi peso nos estábamos quedando descolgados del grupo.

—¿Quieres que la lleve yo? —insistí.

—¡NOOOOOO! —gritó Belén, girándose hacia mí enfadada, y me miraba tan fijamente que no vio el pedrusco que había delante.

¡Cataplaff! Dimos una vuelta en el aire y aterrizamos en el durísimo suelo.

Por suerte no nos pasó nada, y menos a mí, que caí encima de Belén, pero la bici se quedó con el manillar torcido, el faro roto, una rueda desencajada... ¡Inservible total!

—¿Ves lo que has hecho? —me echó la culpa Belén.

Y la verdad es que ver, lo que se dice ver, yo no veía mucho: había más sombras que luces a nuestro alrededor, algo que confirmó innecesariamente Cris con sus nerviosas palabras.

—Venga, daos prisa, que ya casi es de noche.

—¡Imposible con mi bici! —le informó secamente Belén.

—¿Qué podemos hacer?

—¡Salir de aquí!

—Sí, pero ¿cómo?, ¿hacia dónde? —preguntó Cris, miró a su alrededor y suspiró—. ¡Yo creo que estamos perdidos!

—No estamos perdidos —dijo David y, enseñándonos su móvil, que apenas se distinguía en aquella reciente oscuridad, añadió—: ¡Yo tengo móvil!

—¡Menos mal! —suspiró Cris, aliviada—. Por una vez me alegro de que vayas con el móvil a todas partes.

—¡Es por los juegos! —añadió David, que empezó a marcar una vez y otra, y otra, bajo la mirada cada vez más inquieta de los demás.

—¡No me digas que se te ha acabado la batería! —Belén alargó sus manos para ahogarlo.

—¡Qué va! Soy un tío previsor, pero...

Todos le miramos con ansiedad y muchos nervios, algo así como cuando nos van a dar la nota de un examen.

—¡No hay cobertura! ¡Aquí no hay cobertura!

—¿Seguro que has marcado bien?

—Sé llamar por teléfono, Cris. Lo he hecho un millón de veces —y misterioso, añadió—: ¡Es muy extraño!

5. En mitad de la oscuridad

Lo extraño hubiera sido que David no dijera cosas extrañas. Ya estábamos acostumbrados a su exagerada manía de ver misterios, enigmas, conspiraciones y secretos en todo lo que pasaba a nuestro alrededor. Normalmente no le hacíamos caso, pero era de noche, estábamos perdidos y aquel lugar nos inquietaba un poco, así que preguntamos:

—¿Qué es lo extraño?

—¡Nada, una bobada! —dijo, se calló y luego añadió—: En este pueblo se cogen mil canales de la tele —exageró—, y sin embargo, no funciona el móvil.

—Eso tiene una clara explicación —dije yo, que sabía que había razones técnicas perfectamente lógicas, aunque no era el momento de hablar de ellas.

Tras dejar las bicicletas escondidas debajo de unas ramas, nos pusimos a caminar por el sendero que nos iba a llevar hasta el pueblo de Fernando. Como apenas se veía, andábamos los cuatro juntos, casi tocándonos para no despistarnos. Yo me acerqué a Cris y le agarré del brazo.

—¡Tú tranquila! —y se lo repetí varias veces antes de tropezar con una rama y caerme al suelo, arrastrándola también a ella.

—¡Podéis dejar de hacer el tonto! —gritó Belén, que iba detrás y, en vez de ayudarnos, nos esquivó y continuó andando—. ¡Tenemos prisa!

David sí que se paró y le dio la mano a Cris para que se levantara. Luego, añadió:

—¿Sabéis una cosa?

—¡¡¡No!!! —soltamos todos a la vez.

—¡No queremos saber nada! —puntualizó Belén.

Continuamos por aquel camino, que cada vez se estaba haciendo más difícil. Así lo sentían nuestras piernas, que se chocaban con piedras, arbustos, ramas... Era como si el bosque se saliera de su espacio y estuviera apoderándose del terreno. No parecía que hubiese pasado mucha gente por aquel lugar, lo que me llevó a pensar que habíamos elegido mal, y que de ninguna manera íbamos a llegar por ahí al pueblo de Fernando. Fue un terrible descubrimiento que no quise comentar a mis amigos para no alarmarlos.

—¿Estáis todos por aquí? —grité para asegurarme, pues ya las sombras se confundían y el cielo comenzó a llenarse de nubes.

—No, yo no estoy —bromeó David.

—¡No se pondrá a llover ahora! —se quejó Cris.

—Tranquila, que no se te va a mojar el pelo —le contesté, tratando de crear un ambiente relajado.

Además, no tenía pinta de llover, pues gracias al fuerte viento, se hizo un gran claro en el cielo y en él apareció la luna llena.

—¡Esto es otra cosa! Parece que caminamos debajo de un foco, como los actores —exclamó David.

La luna, como si fuese una farola, iluminaba nuestros pasos, y nos puso en un aprieto cuando, de repente, descubrimos que nuestro camino se dividía en dos.

—¿Qué hacemos? —dijo Cris—. ¿Por dónde vamos ahora?

—¡Echémoslo a cara o cruz! —sugirió David—. ¿Alguien tiene una moneda?

—Yo creo que debemos ir por aquí —dije, señalando el sendero de la izquierda, que me parecía más seguro.

—¡Yo, también! ¡Deprisa! ¡Aprovechemos esta luz de la luna para avanzar! —dijo Belén, que encabezó la marcha.

Animados, la seguimos a buen trote.

Al menos estábamos seguros de que aquel camino nos llevaría a alguna parte. David, que iba el último, volvió a la carga:

—¿Sabéis una cosa?

No nos interesaba lo que nos iba a contar. Lo único que yo quería saber es por qué ese sendero se hacía cada vez más estrecho, daba vueltas, como si fuese una escalera de caracol (en realidad estábamos rodeando una montaña) y subía y seguía subiendo en dirección al cielo.

—¡Uff, esto es agotador! —exclamó David—.

¡Con lo bien que estaba yo viendo el canal pecera de la tele!

—¡Menos mal que no hemos traído las bicis, porque por aquí...! —dijo Cris, mientras apartábamos unos arbustos para abrirnos un hueco en el camino y poder seguir, pero de golpe enmudeció torpemente, como si se hubiese tragado la lengua.

Los demás, también.

En aquel momento tuvimos la certeza de algo que ya sospechábamos desde hacía tiempo y no nos atrevíamos a decir.

6. Por otro camino

Aquel lugar no nos iba a llevar al pueblo de Fede. Eso es lo que pensamos los cuatro, y al mirarnos nos dimos cuenta del terrible descubrimiento. La vegetación se había hecho tan espesa que cerraba el sendero. Definitivamente, ¡nos habíamos perdido!

—¿Y si nos volvemos? —sugirió Cris.

No era mala idea, pero llevábamos mucho tiempo andando y ya no se veía nada. Las nubes volvían a cubrir todo el cielo.

—¿Volver hacia dónde? —pregunté.

—Hacia atrás.

No era sencillo. El paisaje había desaparecido. Por la noche, uno puede sentirse igual que en pleno desierto o en mitad del océano: faltan referencias para situarnos.

—¿Estamos perdidos? —preguntó David.

Era algo evidente que nadie se atrevía a decir en voz alta, por si acaso se hacía realidad.

—No estamos perdidos. Lo único es que no sabemos muy bien dónde estamos —me apresuré a dejar claro—. Bueno, no lo sabemos ahora, pero ya encontraremos el camino.

—Pues habrá que avanzar hacia algún lado —añadió Belén, inquieta.

—Sí, pero ¿hacia dónde? —dijo Cris, y me lanzó una mirada que no supe interpretar: o esperaba que yo resolviera aquel problema o me echaba a mí la culpa de lo ocurrido.

Ante la duda general y en mitad del silencio que compartíamos, David exclamó:

—¡Qué diferente se ve todo por la noche! —y fue entonces cuando empezamos a verlo muy negro, y aún más cuando suspiró—: ¡Parece otro mundo!

En ese instante, un súbito resplandor iluminó el cielo.

Fue algo brevísimo, casi un flas fotográfico, seguido de un enorme rugido, algo así como una explosión. Aquel relámpago en el fondo del cielo y el trueno, que tardó un rato en oírse, nos anunciaban que lejos de allí se había desencadenado una tormenta. ¿Llegaría hasta nosotros o se alejaría?

Ésa era la gran pregunta, e iba a decírselo a mis amigos cuando se me adelantó Cris, que tiene una vista de lince, con otro asunto más urgente.

—¡He visto una casa! —dijo con voz entrecortada.

—¿Qué?

—Sí, allá —dijo, indicando hacia alguna parte a nuestra izquierda—. Al fondo. Y era...

—¿Cómo era?

—Es una tontería —se lo pensó mejor, y ya se estaba arrepintiendo de habérnoslo dicho.

Pero nos había dejado la duda en el cuerpo, así que insistimos.

—¿Cómo era?, ¿cómo era?

—No estoy segura. Es sólo una impresión... Me recordaba esas casas encantadas que salen en las películas de terror.

—¡Bah, qué tontería! —exclamé, procurando no pensar en lo que Cris acababa de decir.

—Ya os lo he dicho yo también: que era una tontería.

David tampoco quería creérselo, pero...

—Es absurdo pensar que ahí, en esa casa perdida en mitad del bosque, viva un diablo o un monstruo con dos cabezas o un vampiro o un asesino en serie o un loco o un malvado doctor que hace experimentos con seres humanos...

—¡Que yo no he dicho eso! —se defendió Cris.

Sin darnos cuenta, fuimos retrocediendo poco a poco, como si tratáramos de huir disimuladamente de aquella casa que, incluso sin verla, nos daba muy mala espina. Por nada del mundo entraríamos en ella. Era algo que teníamos muy claro. O al menos así pensábamos hasta que, de pronto, nos estalló la tormenta encima. Caían unas gotas enormes. Al principio, aisladas, pero luego tan juntas que parecían una cascada.

—Corramos —propuso Belén, dándose media vuelta—, ¡vayamos hacia la casa!

—¿Para qué? —preguntó David.

—Para no mojarnos. ¿Para qué va a ser?

—Yo ya estoy empapado.

—Pues yo no quiero que me salgan escamas —y Belén echó a correr en la dirección que antes había señalado Cris.

Los tres la seguimos, si bien David no paraba de quejarse:

—¡No se ve nada! —protestaba—. ¡Ay, qué golpe! —acaba de tropezar con una rama—. ¡Encima, cuesta arriba, y con barro, puff...!

La casa misteriosa de Cris no estaba tan cerca como nos lo pareció cuando por fin todos la divisamos en lo alto, entre la lluvia y la claridad instantánea de los relámpagos. Las distancias, en el campo, engañan, y aún más, en la oscuridad.

Según ascendíamos torpemente, sólo se apreciaban las sombras irregulares del tejado. Cuando alcanzamos lo alto del terreno, descubrimos un muro delante de la fachada de la casa, y algunos árboles y arbustos mezclados. Pero lo más llamativo era que, por detrás del tejado, sobresalían las puntas de unos gigantescos cipreses, muy serios y muy negros.

Todo ello resultaba muy raro.

No sabíamos dónde podíamos estar, y David se adelantó a nuestros temores:

—¿Seguro que es una casa... normal..., de ésas en las que vive gente?

7. Tras el muro de piedra

La pregunta de David no era tan absurda como para no tenerla en cuenta. Así que nos detuvimos debajo de un grueso árbol, y desde allí estudiamos la situación, mirando el muro que rodeaba la casa.

En realidad esperábamos que dejara milagrosamente de llover.

—¡Es una pena que no esté aquí tu hermana! —le dije a Belén, y todos me miraron como si estuviera delirando.

—¿Erika?..., ¿para qué?

—Ella se entiende genial con los animales, ya sabes. Nos hubiera venido muy bien ahora, porque ahí —y señalé el jardín que separaba la casa del muro— tendrán un perro, y alguien habrá de tratar con él. ¡No me quiero ni imaginar cómo será el guardián de este lugar!

—¡Como sea igual que la casa, será un

monstruo! —sugirió David—. Porque esa casa.., hummm... ¡Algo me dice que no es una casa cualquiera!

—No debe de haber ningún perro —comentó Cris—, porque lo tendríamos que haber oído ya, a no ser que...

—Que fuese un perro ciego, tonto, mudo y sin olfato —proseguí, tratando de hacerme el gracioso.

—Eso es lo extraño, que no haya un perro guardando esta casa tan... ¡tan solitaria! —dijo David, pensativo—. ¿Por qué será?

—¿No será porque es una casa solitaria y está abandonada? —le contestó Belén.

—¿Estás segura? —David aún dudaba.

—Claro que está abandonada. ¿Alguien ha visto luz en alguna de las ventanas? —preguntó Belén, y echó a andar, decidida—. Vamos, entremos en ella y dejemos de decir tonterías y de mojarnos.

Pero como todos seguíamos inmóviles, se detuvo y giró la cabeza:

—Venga, chicos, ¿no me diréis que os asusta

una simple casa abandonada? ¡Si está abandonada, es que no hay nadie! —razonó.

—Es cierto —añadí yo, y avancé hacia ella—. Es pura lógica científica. ¿A qué podemos tener miedo?

—Pues, pues a... —se apresuró a contestar David, pero antes de que dijera algo, y como le conocíamos bien, le tapamos la boca.

Andando despacio y mirando hacia todos los lados, nos acercamos al muro de piedra, lo recorrimos palpando y llegamos hasta el portalón que daba a lo que, en otro tiempo, pudo ser un jardín. Aquella puerta, tan alta, hecha con barrotes de hierro, tenía una cerradura grande y antigua como la de un castillo. No estaba cerrada, pero unas gruesas cadenas unían los barrotes.

David y yo nos quedamos mirándola, sin saber bien qué hacer, hasta que Cristina nos llamó:

—¡Por aquí!

Había descubierto una parte del muro por donde resultaba más fácil subir.

Trepamos y saltamos el muro sin más. Cuando

pisamos el suelo del jardín, miramos bien hacia todos los lados: yo buscaba un lugar al que subirme por si aparecía de pronto un monstruoso perro.

—¡No se oye nada! —dijo Cris en voz muy baja.

—¡Mejor! —susurré.

—¿No os habéis fijado en la puerta de hierro de la entrada? —preguntó David, mirando hacia atrás, y antes de que le contestáramos, prosiguió—. Tenía una cruz en lo alto, que estaba formada por cuatro hachas. ¿No la habéis visto?...

—¡No!

Era verdad. Nadie se había fijado.

—Pues me recuerda la puerta de un cementerio.

—¡No digas bobadas!

—Pero no de un cementerio como el del pueblo, sino como los que hay en las montañas de Rumanía. ¡Venid a casa un día y os lo enseño! Tengo un videojuego genial de los nietos del conde Drácula, que es la historia de unos vampiros muy divertidos...

La idea del cementerio empezó a ponernos nerviosos. Debíamos abandonar aquel lugar oscuro que podía estar lleno de tumbas.

—¡Vamos! —sugirió Belén.

A todos nos parecía más segura la casa abandonada que aquel desastroso jardín con la tierra removida y débil, de donde salían raíces que te podían agarrar los pies. Enseguida alcanzamos la casa y nos quedamos en su largo y estrecho porche. Desde él echamos un rápido vistazo: todas las ventanas y contraventanas de la primera planta estaban cerradas, como si la casa estuviera tapiada.

—¡Mejor! —dije—. Así no hay que entrar.

—¡A mí no me hace mucha gracia quedarme aquí! —señaló Cris.

—Al menos, no nos mojamos —le recordé—. Bueno, no nos mojamos tanto.

Apoyados en la fachada de la casa, mirábamos a nuestro alrededor, pero no vimos ni oímos nada.

—¡Uff! —suspiré, y no fui el único.

En ese momento se volvió a iluminar el cielo, como si fuera pleno día. Apenas un parpadeo, al que siguió un bruuuunnggg que retumbó como si se moviera el paisaje. Fue un trueno tan grande que parecía que se había abierto la tierra, y la lluvia comenzó a oírse con tanta fuerza como si cayese el mar desde el cielo, gota a gota.

—¡Menos mal que estamos aquí tranquilos! —exclamó Cris.

Y nada más decirlo oímos, en nuestras mismas narices, algo así como:

CLA, CLA, CLA, BIIIIIIII, CLA, CLA, CLA, HIP, HIP, HIP... CLA, CLA, CLA, BIIIIIIIII...

—¡Aaaaahhhhh! —no pudimos decir nada más.

Aquel sonido fino, agudo, irritante, atroz, que parecía surgir de ultratumba, se oía tan cerca como si estuviera entre nosotros.

—¡¡¡Dios mío!!! —gritamos mirándonos a los ojos, unos ojos secos, saltones, asustados, huidizos, tan aterrorizados que querían escaparse de nuestras propias caras ante aquel horripilante sonsonete que nos envolvía desde dentro.

8. Una llamada en la noche

—¡**Cla,** cla, cla, biiiiiiii, cla, cla cla, hip, hip...!

Aquel sonido volvía a repetirse, como si lo llevase alguien encima. Así nos lo pareció y nos quedamos con la boca abierta, muertos de miedo.

Todos menos David.

Para él, aquel tenebroso «cla, cla, cla, bip» fue una agradable sorpresa.

—¡No puede ser! —suspiró, asombrado.

—¿Quéeee? —le miramos como si no le conociéramos.

—El móvil funciona —afirmó, convencido—. ¡Aquí sí hay cobertura!

Y se lo sacó del bolsillo.

Al instante, aquel sonido de ultratumba dejó de oírse.

—¡Ah, eres tú!... —empezó a hablar—. ¡Qué bien! Sí. ¡Espera, espera un momento! —y se dirigió a nosotros—: ¿Qué os parece el tono de llamada? Es la danza de las calaveras borrachas. Lo he copiado de un juego que tengo en casa.

Y sin escuchar nuestra opinión, por suerte para él, continuó la conversación por el móvil:

—Pues sí, sí... ¡No, no hemos llegado aún! ¿No se nota?... Vamos a tardar un poco... ¡Ah, qué bien! Se lo diré a los demás para que se animen.

Los tres escuchábamos muy atentos, tratando de adivinar quién llamaba y enseguida supimos que se trataba de Fernando.

—Hemos tenido algún problemilla —continuaba David por el móvil—. A Álvaro se le han pinchado las ruedas de la bici, las dos, y se le ha salido la cadena, y Belén ha estropeado el manillar...

—Deja de dar tantas explicaciones —le interrumpió Belén— y dile que venga a buscarnos. ¡No pierdas tiempo, que se te puede gastar la batería!

—Sí, andamos un poco perdidos, pero es emocionante... —prosiguió—. Eh, espera, espera... Dice Belén que vengas a buscarnos... ¿Que dónde estamos? ¡Menuda pregunta! Eso mismo quisiéramos saber. Nos hemos refugiado en una casa abandonada que está en un sitio muy alto, pero no sabemos dónde porque hemos llegado a oscuras, aunque el camino era muy estrecho y seguro que por él no ha pasado nadie en siglos... Es una casa antigua, creo que blanca con un tejado negro, un porche estrecho, un jardín asqueroso que parece una selva, unos cipreses muy altos al fondo que a mí me recuerdan a los de un cementerio de Rumanía y...

—¡Venga, no te enrolles y dile que venga a buscarnos! —le recordó Cris.

—¡Eso es lo que estoy haciendo! —se excusó.

—Dile que traiga unas linternas muy potentes —sugerí— y que vaya alumbrando para que lo divisemos desde aquí, y que nos llame por el móvil de vez en cuando, y que...

—Vale, vale, dejad que hable —y dirigiéndose al auricular, continuó—. Por cierto, Fernando: la casa está rodeada por un largo muro de piedra que... —no pudo seguir hablando, porque Fernando le preguntó algo, y David contestó—. Sí, claro, sí, estoy seguro. Imagínate que lo hemos saltado por el lado más fácil...

Pero sus palabras fueron interrumpidas otra vez por Fernando, y entonces David cambió la voz.

—¿Quéeeee...? —clamó, tan sorprendido como asustado.

Un relámpago y un trueno estallaron, al mismo tiempo, encima de nuestras cabezas y a David se le cayó el móvil al suelo, salpicándonos de barro.

—¡Vaya! —dijimos al ver que el aparato perdía la voz, chapoteaba y se ahogaba en un charco.

Con él se nos iba nuestra incierta y única conexión con el mundo. Nos quedamos tristes, desanimados, sin fuerzas para nada, escuchando las gotas de lluvia sobre lo que era casi un pantano. De todos nosotros, David era el que estaba más triste y preocupado, así que Belén intentó consolarle.

—¡No te preocupes por el móvil, yo te puedo dar uno que me sobra!

David no contestaba, miraba a un lado y a otro nerviosamente, y nos agarraba a mí y a Belén del brazo, sin querer separarse.

—Es que... —balbució como si se le secara la lengua.

—No importa que estemos sin móvil —le dije—. Fernando se conoce la zona mejor que nadie. Si hay alguien capaz de encontrarnos, es él.

Y así proseguimos, sentados bajo el porche de la casa, con la espalda apoyada en la pared, tratando de consolar a nuestro amigo, que se estaba comportando, como diría él, de un modo extraño, muy extraño.

Aunque Cris era la más miedosa (o eso hemos creído siempre), la llamada le había dado valor. Le hizo saber que estaba en el mundo real, así que se levantó y comenzó a andar hacia la puerta de la casa. Al fin y al cabo, ella la había visto antes que nadie. Era su descubridora.

—¡Chicos, aquí vamos a pillar un resfriado! ¡Deberíamos ir adentro!

Avanzó unos pasos, y al ver que aún no la seguíamos, retrocedió, agarró a David del brazo, y tiró de él, como si fuese una marioneta.

—¡Vamos a buscar un buen refugio mientras esperamos a Fer!

Detrás íbamos Belén y yo sin hablar, muy atentos a nuestro alrededor, pensando cómo salir de allí. Y andábamos en ello cuando, como si alguien nos avisara, giramos la cabeza hacia un mismo punto: el móvil de David, que seguía tirado en el charco. No entendíamos por qué nuestro amigo no lo había recogido, y al mirarnos para comentarlo, Belén adivinó que había algo que me preocupaba.

—¿Qué te pasa, Álvaro? ¿Qué es lo que estás pensando?

—¿También tú lo has notado?

—¿El qué? —preguntó.

Tal vez no lo había notado, así que le advertí:

—¡El móvil!... A David no se le ha caído el móvil por el susto de aquel trueno. Ha sido por otra cosa... ¡Ahora estoy seguro!

9. Toc, toc, toc

No pude seguir hablando con Belén porque nos interrumpió Cris, animándonos a entrar en aquella casa.

—¡Venga, chicos, dejad de perder el tiempo! Hablad dentro.

—Pero no sabemos lo que habrá. Aquí afuera, al menos, está todo controlado —luego lo pensé mejor y añadí—: O casi.

—Tranquilos. Tengo una linterna —dijo Cris, mostrándonos un aparatito que parecía un llavero—. Es la que uso para leer por las noches cuando no me dejan tener la luz encendida.

—¡¿Y por qué no la has sacado antes?! —preguntó Belén.

—Eso —dije yo—. Con ella no nos hubiésemos perdido tanto.

—Me acabo de dar cuenta ahora. La tenía en el fondo del bolsillo, entre mis cosas... Aunque es muy pequeña, tiene un buen foco y tres potencias de rayo lumínico.

—¡Ah, si es así...! —exclamé en plan irónico.

Sigilosamente avanzamos por el porche. Primero iba Cris, seguida de Belén y después yo. David se había quedado en una esquina, mirando, nervioso, hacia todos los lados.

—¿Qué haces? —le grité—. Únete a nosotros.

—Es que...

Le fallaban las palabras. Tal vez fuese por la oscuridad de la noche, pero me di cuenta de que le brillaban los ojos como a un gato.

—...Yo no entro —continuó—. Prefiero quedarme aquí, vigilando.

—¿Qué vas a vigilar?

—Por si vienen a buscarnos. Fernando ya debe de estar en camino. Así que...

—Así que ¿quéeee?

—Que es mejor no entrar. ¿Por qué no nos alejamos de esta casa? ¡Seguro que nos encontrarían con más facilidad, mientras que aquí...!

—¡Qué tonterías dices, David! —intervino Belén, que vino hacia nosotros, y en voz baja añadió—: La casa es un sitio perfecto para que nos encuentren. ¡Vamos dentro de una vez y pensamos tranquilamente qué hacer! —y se estremeció—. ¡Qué frío!

—¡Eso es lo que le estaba diciendo yo! —continué hablando en el mismo tono de voz.

—¿Qué os pasa? —Cris se acercó también—. ¿Por qué habláis tan bajito?... ¿Quién teméis que os oiga? ¡Si aquí no hay nadie!

—¡Nadie... ni nada! —suspiró David, mirando atentamente hacia el jardín.

—¿Qué quieres decir? —le pregunté, aturdido.

—¡Nada! ¡Uff, nada!

Había disminuido la lluvia, pero la tormenta no parecía apaciguarse. Como si hubiese una competición de rayos, el cielo comenzó a iluminarse una y otra vez. Era como un duelo de retorcidas espadas galácticas.

—¡Espero que la casa tenga pararrayos! —clamé.

Todos habíamos oído hablar de los peligros de las tormentas en el campo, y sabíamos que nunca debíamos resguardarnos bajo un árbol, porque las ramas atraen a los rayos. Así que sólo teníamos dos posibilidades: empaparnos al aire libre y quizá morir carbonizados o asaltar aquella oscura, desconocida y misteriosa casa.

—Venga, entremos —dijo Belén, que seguía tiritando de frío.

—¡Esperad!... ¡Vaya, no me funciona bien la linterna! —Cris empezó a mover la pila.

—¡Déjame que te ayude! —se ofreció David, que finalmente en una carrerilla había recuperado su móvil del charco.

Y empezó a enredar en la linterna. Al centrarse en el funcionamiento del aparato, le desapareció el gesto de pánico que se le había quedado desde que le llamaron por teléfono. Fue entonces cuando Belén se me acercó para reanudar nuestra conversación pendiente.

—¿Por qué dices que a David no se le cayó el móvil por el susto del trueno?

—Es pura observación.

—Entonces, ¿qué fue lo que le asustó tanto?

—Fernando.

—¿Estás loco?

—Bueno, algo que le dijo Fernando. Vi su cara cuando hablaban por teléfono. Lo que le asustó —afirmé, convencido— fue lo que le dijo Fernando.

—Hummm... —dudó Belén—. ¿Qué pudo decir para aterrorizarle de ese modo?

—Tal vez no sea importante, no sé. Cualquier cosa que en otro momento nos podría parecer una tontería en este lugar... —dije, intentando mirar alrededor—. Aquí todo asusta un poco, ¿no?

—No pienses en cosas raras y verás como no te das ni cuenta de dónde estamos. La oscuridad siempre impone, pero aquí no hay nadie, eso está claro. ¿De qué hay que preocuparse?

—¡Eh, chicos, ya funciona la linterna! —nos llamó Cris—. ¡Vamos!

Pero Belén y yo queríamos dejar resueltas nuestras dudas, así que le preguntamos a David qué es lo que le había dicho exactamente Fernando.

—Nada, nada, ¿qué me va a decir?... —primero se sorprendió y luego se defendió—. Ya lo oísteis mientras hablaba.

—¿Seguro? —no nos lo creíamos, pero no pudimos seguir con la conversación porque Cris agarró del brazo a David y tiró de él.

—¡Vamos! —nos avisó, y ya estaba delante de la puerta.

Allí llamó con suavidad, toc, toc, toc, una y otra vez, como si no estuviera convencida de lo que hacía, y empujó suavemente. Pero nada.

—¿Para qué llamas? —le preguntó Belén al acercarse, y eso mismo le iba a repetir yo, pero pisé algo, tropecé y me vi impulsado hacia la casa.

Puse las manos delante para salvar mi cabeza, como si fuera Frankenstein, y... ¡la puerta se abrió sola igual que si hubiese pronunciado unas palabras mágicas!

—¿Lo ves? —dije a Cris, tratando de salvar la situación y no hacer el ridículo—. Hay que tener decisión y empuje.

Ella y David se quedaron mudos y sin avanzar un solo paso, como dos estatuas. Entonces Belén cogió la linterna de las manos de su amiga y me miró.

—¡Adelante! —me dijo, ya cruzando la puerta.

La seguí, pero al ver que sólo entrábamos nosotros dos, pregunté a Cris y David.

—¿Por qué no venís? ¿Qué os pasa?

—La... pu-pu-puerta —dijo Cris torpemente—. ¡La puerta estaba cerrada cuando llamé yo, de veras! Empujé un poco, vosotros lo visteis, y... ¡nada!

10. Un suelo en blanco y negro

El miedo puede ser contagioso, como los bostezos. Pero a veces es todo lo contrario: el miedo de los demás te libera de tus propios miedos y te hace más fuerte. Sobre todo, el miedo exagerado. Ves tan absurdos los temores ajenos que desaparecen los tuyos. Eso nos pasaba a Belén y a mí ante el pánico de David a entrar en la casa y las fantasías de Cris, que veía puertas cerradas que se abrían solas. Su miedo nos dio valentía.

Decidido, tomé la linterna e iluminé para que Belén entrara la primera y nos abriera camino. Después miré hacia atrás para asegurarme de que estábamos todos: David y Cris nos seguían en silencio.

Enfoqué de nuevo, tratando de asegurar el terreno. Lo que yo temía era toparme con telarañas gigantescas, montañas de cucarachas que crujen al pisarlas o ratas enormes con bigotes y un hocico rosado merodeando por allí, como Indiana Jones en el templo maldito.

Apunté bien con la linterna, hacia arriba y abajo, para localizar a esos bichos, y luego giré la luz de izquierda a derecha con el fin de hacernos una idea aproximada del lugar.

—¿Dónde estará el interruptor de la luz? —preguntó Belén.

Iluminé a ambos lados de la puerta de entrada, y al contemplarlo se lanzó hacia él inútilmente. No había luz.

Aquel descubrimiento nos tranquilizó, ya que demostraba que la casa estaba deshabitada.

—¡Ufff! —suspiré.

Sabía que, cuando uno se va de su hogar por una larga temporada, lo primero que hace es desconectar la luz, cerrar el agua y el gas, y a veces, echar el cerrojo a las contraventanas. Hasta ahí todo era perfectamente normal, salvo por un pequeño detalle que me inquietó, y se notaba.

—¿Qué te pasa? —me preguntó Belén—. ¿Por qué te tiembla el pulso?

—No, no es nada —dije, tratando de no pensar en ello, y procuré iluminar con firmeza a nuestro alrededor.

Estábamos en el vestíbulo de la casa, un lugar grande y sin muebles. Sólo se veía un enorme espejo, que cubría la pared de enfrente; a su izquierda, una puerta entornada y más alta que las demás, a la que se llegaba tras subir tres peldaños, y a la derecha del espejo vislumbramos, sucesivamente, una puerta muy pequeña, que tenía aspecto de estar bien cerrada, unas escaleras y, al final, una puerta amplia, que podría ser la del salón.

Me llamó la atención que las escaleras estaban tapiadas, como si alguien hubiese tratado de inutilizar la primera planta. «¿Con qué motivo?», me dije, confundido. «¿Qué es lo que intentan guardar allá arriba?» No pude seguir con mis dudas, porque Cris preguntó:

—¿Hacia dónde vamos?

Instintivamente giré la luz de la linterna y señalé la puerta que estaba más elevada. Podría ser la de la cocina.

Tras subir los tres escalones, entramos con cuidado, ganando paso a paso el espacio y cubriéndonos las espaldas con la pared, como hacen los policías al entrar en un edificio persiguiendo a un asesino armado. En nuestro caso, la linterna hacía de pistola y apuntaba al enemigo con su rayo de luz.

Iluminé el suelo, que era de baldosas blancas y negras, como un tablero de ajedrez. Dado el tamaño de los cuadrados y la altura del techo, allí se podría jugar una partida con fichas humanas.

Enfoqué toda la habitación.

La luz empezaba a temblar, como si la pila se estuviera acabando: contemplamos una pared cubierta de armarios antiquísimos; otra, con un fregadero gigante y una cocina de la Edad de Piedra debajo de una ventana bien cerrada; y en la última pared sólo había una puerta cuadrada de hierro oxidado.

El centro de aquella extraña cocina estaba dominado por una enorme mesa de madera, cuyas patas nos llegaban hasta los hombros, pero no se veían sillas ni taburetes.

Fuimos hacia ella, abrimos el cajón y sólo encontramos cuerdas y velas tan gruesas como los cirios de Semana Santa.

Encendimos dos con el mechero que siempre lleva Belén: entonces se hizo la luz, una luz suave que iluminaba a nuestro alrededor pero apenas si alcanzaba las paredes, que seguían en penumbra. En cierto modo, mejor.

Estábamos tan agotados que nos subimos a la enorme mesa y nos dejamos caer sobre ella.

—¿No hace calor aquí? —preguntó Cris.

—¡Así se nos secará antes la ropa! —comenté, sin intentar hacerme el gracioso.

—Ya, pero —arrugó el entrecejo— en una casa abandonada suele hacer frío.

—Será que esta cocina tiene los muros muy gruesos y es como si fuese un horno —le expliqué—. ¡Así conserva mejor el calor del día!

—¡Será eso! —dijo Cris, y se dio media vuelta.

Entonces se me acercó Belén y casi al oído me dijo:

—Tenías razón sobre David. Creo que nos

oculta algo. Ahora parece un buen momento para preguntárselo.

—Va a ser perder el tiempo —le advertí—. Si queremos algo de él, hay que hacerlo con tacto, sin que se dé cuenta. Ya verás. ¡Déjamelo a mí!... ¡David!

Pero ni me oyó. Lo intenté de nuevo.

—¡David!

—¡Eh! —respondió—. ¿Qué pasa?

—Pues que... —no sabía cómo empezar—. Así que, ejem..., Fernando te ha dicho que...

—Sí —se me adelantó—, Fernando me ha dicho que por aquí no hay ninguna casa solitaria con un muro de piedra.

—¿Qué?

—¡Que no hay ninguna casa solitaria cerca de nuestro pueblo ni del suyo! ¿Lo oís?... ¡Ninguna casa!

Y lo repitió tanto, que hasta Cris, que parecía estar en otro mundo, reaccionó:

—¿Qué cosas tan raras estáis diciendo?

—¡Fernando conoce bien esta zona! ¡Recordad que todos los veranos viene al pueblo de sus abuelos!

—¡Bah, te ha gastado una broma! —dijo Belén—. Cuando lo coja le voy a hacer tragarse sus palabras.

—¡Una casa que no existe! —insistí yo—. ¿Y esto qué es?

Tocamos la mesa para asegurarnos de que era real, y miramos atentamente a nuestro alrededor: los armarios, la ventana cerrada con sus altísimos ventanales, la fregadera, la antigua cocina de hierro macizo y oxidado, la...

—¿Qué es esa puerta de metal? —pregunté, al verla de nuevo.

—No parece un frigorífico —dijo David—, y es raro encontrar una cocina sin frigorífico.

—¡Y sin horno! —añadió Cris.

Tras observar atentamente aquella puerta de metal, nos miramos en silencio y al instante supimos que teníamos el mismo terrible pensamiento:

—¡No, no puede ser! —dije, sin darle importancia, tratando de poner un poco de lógica en aquel asunto, pero no pude evitar que la imaginación se me desbordara—. Porque si lo fuera....

Miré la gigantesca mesa en la que estábamos subidos. Parecíamos unos náufragos perdidos y a la deriva.

—¿Os acordáis de Gulliver? —dijo Cris, muy inoportuna.

—¿El de los viajes a las tierras de los enanos y de los gigantes? —preguntó David—. He visto la película.

Y se calló. Ninguno de los cuatro teníamos interés por recordar, en aquel momento, tal historia.

11. El horno gigantesco

Nadie se animaba a ir hasta aquella enorme puerta de hierro, pero quedarnos allí sin saber lo que había nos desconcertaba más.

Belén, la más lanzada, saltó de la mesa y yo la seguí como un autómata. Cris, para no separarse del grupo, vino detrás.

—¡Pues yo no me quedo aquí solo! —suspiró David.

Casi de puntillas nos aproximamos a aquella puerta que no nos atrevíamos a tocar, como si temiésemos que estuviese electrificada, algo absurdo en una casa sin luz.

Al final Belén empujó hacia atrás y hacia delante, pero la puerta no se abría.

—Prueba hacia un lado —le dije, al recordar el armario del cuarto de mis padres.

—¡Oh, sí!

Ante nosotros apareció, entonces, un espacio abierto y vacío en el que cabíamos los cuatro y hasta otros cuatro compañeros que jugaran al baloncesto. Todo era enorme y de un hierro ennegrecido.

—¿Qué es esto? —nos preguntamos.

Y cada cual dio su propia y espontánea versión.

—¡Un ascensor! —me apresuré a contestar, pues aquel lugar tenía el tamaño de un montacargas.

—¡La despensa! —sugirió Belén, aunque allí no había alimentos, ni baldas, ni nada.

—¿Y si fuera un armario para viajar en el tiempo? —apuntó David.

Su idea era absurda, pero no mucho más que las nuestras o la que se le había ocurrido a Cris.

—¡Ya sé lo que es! —señaló, contenta por su descubrimiento—. ¡Un horno! Está claro. ¿No veis aquellos agujeros?... ¡Esto es un horno gigantesco!

Y Cris dejó de sonreír en cuanto se dio cuenta de lo que acababa de decir, pues si aquello era un horno gigantesco, allí debía de vivir... No nos atrevíamos a imaginar lo que ya estábamos imaginando. El único que no se había enterado era David, que seguía con sus teorías y parecía estar muy contento.

—Si no es un armario para viajar en el tiempo, ¡será una puerta para ir a otra dimensión!... ¿No os animáis a entrar conmigo?

—¿Estás loco?

Nadie era capaz de dar un paso, porque en aquel espacio podría suceder cualquier cosa: que se cerrara la puerta, que se hundiera el suelo, que saliesen cuchillos de las paredes... Estábamos pensando en todas estas atroces posibilidades, cuando la cocina quedó totalmente a oscuras.

—¡Las velas! —exclamó Cris—. ¿Quién las ha apagado?

—Se habrán gastado —apuntó David.

—¡Imposible! —dijo Cris—. Eran muy gordas.

—¡Ha sido una corriente de aire! —afirmé yo, buscando una explicación razonable.

—¿Una corriente de aire? —se preguntó Belén—, ¿de dónde a dónde? Las ventanas están casi tapiadas. Sólo está abierta la puerta y...

Cris nos iluminó con su pequeña linterna, y Belén añadió:

—¡Y este horno! ¡Seguro que tiene un agujero!

Nada más decirlo, nos apartamos de aquel lugar, como si estuviese infestado, mientras Cris nos mostraba el camino con su débil rayo de luz, y a media voz, me susurró algo que le preocupaba:

—¿Tú notas algo?... Por aquí no hay ninguna corriente de aire —comentó, y más asustada, añadió—: Y si no la hay, es que alguien ha apagado las velas, seguro...

—¡Tonterías! —le cortó Belén, mientras avanzábamos hacia la puerta.

Había que salir de allí cuanto antes, pero sin levantar sospechas ni hacer ruido. Y fue tan grande el silencio de los cuatro, que comenzó a oírse el latido de nuestros acelerados corazones resonando por todos los rincones, como si la cocina estuviese viva.

No fue una salida fácil, al menos para el primero del grupo, que se había olvidado de que aquella cocina estaba tres escalones más alta que el vestíbulo.

David llegó al suelo de narices.

A pesar de la caída tan espectacular, el golpe no fue demasiado duro, aunque parecía haberle afectado a la cabeza.

—¡El móvil!, ¡el móvil!, ¡el móvil! —empezó a gritar en cuanto se puso en pie.

—Yo no oigo ningún móvil —dije, tratando de explicar la situación.

—¡El móvil! —continuó—. ¡Me lo he dejado encima de la mesa!

—Da igual —intervino Belén—. Estaba empapado. No creo que te vuelva a funcionar.

—Pero tengo unos juegos que no quiero perder.

—¡Entra tú, si quieres! —le sugirió Belén, mientras los demás avanzábamos en dirección contraria.

Por nada del mundo queríamos volver sobre nuestros pasos.

12. El reflejo en el espejo

En mitad del vestíbulo, Cris exploró con su linterna mientras estudiábamos rápidamente nuestra situación. Había dos posibilidades: la puerta pequeña, que podría ser un cuarto de invitados o un trastero; y la puerta doble, que parecía la habitación principal. Nada más. Las escaleras, que conducían a la planta de arriba, estaban tapiadas, y no se apreciaba ninguna otra puerta que condujera al sótano. Algo muy raro en una casa tan grande.

—¿Por qué habrán tapiado las escaleras? —pregunté a mis amigos—. ¿Qué quieren ocultar?

—Tiene que haber otro camino para llegar arriba —se dijo Cris.

—¡Seguro! —afirmó David, mirando atentamente el espejo que teníamos al lado y que era del tamaño de una puerta—. Creo que ésta es la entrada de un pasadizo secreto, pero —siguió moviendo su mano junto al marco— no sé, no encuentro el resorte que lo abra. ¡No lo entiendo! ¡En las películas resulta tan fácil!

Cris enfocó más despacio con su linterna y en esos momentos, al mirar el rayo de luz que acababa de chocar en el cristal, percibí unas sombras que desaparecieron en cuanto chocaron con el reflejo de mis ojos. Alguien nos miraba desde atrás.

—¿Habéis visto? —susurré, mientras me daba la vuelta para descubrir quién era.

Cris enfocó inmediatamente todo el vestíbulo, pero allí no había nada ni nadie. Sólo Belén, asombrada.

—¿Qué te pasa, Álvaro? —dijo—. ¡Ni que hubieras visto un fantasma!

—¡Un fantasma no! —traté de responder—. ¡Los fantasmas no se reflejan en los espejos!

—Los que no se reflejan son los vampiros —intervino David, que era un experto en esos asuntos y tenía todos los videojuegos del tema—. A los fantasmas les da igual. ¿Para qué van a reflejarse si atraviesan los espejos tranquilamente?

En cualquier caso, el lugar no era el más adecuado para seguir con aquella conversación.

Cris, que ya no sabía adónde enfocar, gritó:

—¿Hacia dónde vamos?

—¡Por ahí! —dijimos a la vez, señalando la puerta más alejada del espejo.

Y así es como entramos en lo que era el salón de aquella casa solitaria.

En una primera visión no parecía muy distinto a otros salones que ya conocíamos: una pared de armarios, otra de biblioteca, muchos cuadros colgados, una chimenea y, en el centro, tres sofás formando una U alrededor de una mesa pequeña, como las que se usan para dejar las revistas, las bebidas, las pizzas, y poner los pies encima mientras se ve la tele.

—¡Es extraño! —dijo David, que hacía mucho tiempo que no pronunciaba su expresión favorita—. ¡Es extraño, muy extraño!

—¿Qué? —preguntó Cris—, ¿que no haya cortinas?

—¿Que tengan barrotes las ventanas? —sugirió Belén.

—¿Barrotes? —repetimos los tres.

Aún no nos habíamos dado cuenta de aquel inquietante detalle.

—¡Estamos prisioneros! —exclamé, entonces.

—Al revés —dijo Cris—. Estos barrotes nos protegen del exterior.

—¿Qué pasa afuera? —continué—. ¿Por qué nos han de proteger?

David se mantenía al margen de este asunto, ya que tenía sus propias preocupaciones:

—¡Aquí no hay tele! —se lamentó—. ¡Y una casa sin televisión, hummm, me da mala espina! No sé... ¡No es humana!

—¡Tonterías! —le dijo Cris, quien, armada de su linterna, fue avanzando hasta la mitad del salón y enfocó la mesita, donde había unos velones parecidos a los de la cocina.

Los encendimos y la habitación se iluminó como si hubiese luz eléctrica.

—¡Aquí no se está mal! —suspiré, agotado.

No tardamos en hacer nuestro aquel lugar que no tenía puertas sospechosas ni armarios con doble fondo (o así nos lo parecía). Allí, además, nadie podría entrar por las ventanas.

Para sentirnos aún más seguros, cerramos la puerta con cerrojo, y al fin nos dejamos caer en los asientos. Cada uno se tumbó en un sofá. Como éramos cuatro, David se quedó sin cama.

—¡No hay derecho! —protestó—. Dejadme sitio. Yo también estoy muerto.

—¡Tú debes vigilar ahora! —le dije.

Miró a derecha e izquierda y volvió a girar la cabeza.

—¿Vigilar?... ¿Qué debo vigilar?... ¡Si está todo cerrado y aquí no hay nadie! —se nos quedó mirando y dudó—. ¿O sí?...

Rápidamente intervine:

—En todas las películas hay uno que hace la guardia mientras los demás duermen. A ti te ha tocado el primer turno. ¡Hazlo y no te quejes!

—¿Cuánto tiempo tengo que estar?

—Pues, pues... ¡lo normal! —y sin pensar, informé—: ¡Ocho horas!

—¿Oooooooocho?... ¿Crees que soy idiota?

Si somos cuatro, yo estaré dos horas como mucho. ¿O me has visto cara de...?

—¡Está bien! —le dije, estirándome en el sofá, y en voz baja, añadí—: Luego despiertas a Cris.

—¿Por qué a mí? —protestó Cristina, entre sueños.

—¿No estabas dormida?

—Claro que no. ¿Cómo voy a dormirme en este lugar? ¡Estaría loca! He cerrado un poco los ojos para descans...

—Bueno, pues yo os aviso a todos dentro de dos horas y lo arregláis entre vosotros —atajó David, y se lamentó para sí—. ¡Qué pena que no tenga los juegos del móvil!

Ninguno quería dormirse, pero estábamos tan agotados que se nos cerraron los ojos. Cris y Belén parecían estar en un profundo sueño. Yo no tuve tanta suerte. Aquella imagen sombría que había visto en el espejo se me repetía ahora en la cabeza, como si fuese un flas, y me daba vueltas y más vueltas, igual que una pesadilla. Traté de razonar: «Si me he girado, y no he visto nada, es porque no había nada. Seguramente sería una sombra o un efecto óptico.»

Ya estaba relajado, y a punto de dormirme, cuando me sorprendí a mí mismo gritando en voz alta.

—¿Y si no es un espejo?

—¿Qué dices? ¿Estás soñando? ¿Deliras? —preguntó David, muy bajito, mientras se me acercaba.

Entonces me incorporé, miré a mi alrededor atentamente, como si viese aquella habitación por primera vez, y se lo expliqué.

—¡El espejo! He pensado que ese gigantesco espejo de antes podría no ser un espejo...

—Claro —suspiró David, al que en esos momentos se le acababa de ocurrir una de esas teorías alucinantes, inspiradas en sus videojuegos—. Seguro que es la entrada a un pasadizo secreto. Ya os lo dije antes, pero...

—No, no es eso —y en plan misterioso añadí—. Tiene una doble dimensión óptica. Yo creo que en ese espejo se ve lo que refleja la imagen, como en todos, pero también lo que hay detrás...

—¿Detrás de dónde?

—¿De dónde va a ser? —repetí—. ¡Del espejo!

Y le conté la visión que tuve cuando enfocó Cris, mientras él buscaba un pasadizo.

—Si cuando me volví no vi nada, podría ser porque detrás no había nada. Aquella sombra, que enseguida se ocultó, estaba dentro, al fondo del espejo...

—¡Como en una cascada! —sugirió David, al que no le había sorprendido mi extraña visión.

—¡Exacto! Ésa es una buena comparación.

—¿Y qué hacemos? —David se había quedado con la palabra en la boca—. ¿Despertamos a las chicas y se lo decimos?

Me estaba imaginando la reacción de Belén.

—Deja, casi mejor después. Ahora necesitamos descansar, pero...

—¿Qué?

Bajé la voz.

—No me despiertes a mí cuando se acabe tu turno.

—¡Tranquilo! —dijo David, con esa complicidad que a veces se da entre los chicos—. ¡Cuenta con ello!

Y así, apaciblemente, me dormí, dispuesto a descansar en un largo, muy largo sueño.

13. Los atajos de la Tierra

Parecía que había pasado medio segundo cuando me vi obligado a abrir los ojos apresuradamente. David tiraba de mi pierna, mientras gritaba:

—¡Chicos, chicos, mirad lo que he encontrado!

—¡Eh! —suspiré, sin entender nada.

Se me habían caído las gafas al suelo. Antes de recuperarlas noté demasiado calor en aquel lugar y un olor a...

—¡La chimenea está encendida! —exclamó Belén asombrada, como si hubiese visto un fantasma.

—¡Tranquilos! —dijo David, tratando de calmarnos—. ¡He sido yo! —y muy orgulloso, añadió—: ¡No es difícil para un experto encender una chimenea!

—¡Hummm, crea buen ambiente! —señaló Cris, quien acababa de levantarse.

Una vez incorporados los tres, miramos a David. Llevaba una caja parecida a las de herramientas, pero mucho más grande.

—¡La he encontrado en ese armario!

Lo miramos como diciéndole: «¿Para qué te metes en lo que no te importa?»

David adivinó nuestro reproche, y corrió a justificarse.

—¿Qué queríais que hiciera? Vosotros estabais dormidos, y yo no tenía aquí ni mi Play ni el móvil, así que...

—¿Y eso qué es? —le interrumpió Belén, señalando la caja.

—No lo sé. No se puede abrir —y nos la mostró sin levantarla del suelo—. Parece de tiempos de mis abuelos, pero tiene cerradura con clave, puff, cuatro números, y ¡pesa como un muerto!

—¿Quéeeeee? —clamamos Belén, Cris y yo al mismo tiempo.

—Nada, que es muy pesada, aunque no lo parece si no la coges —señaló David—. ¿Por qué no intentamos abrirla?

—¿Para qué? —le dijo Belén.

—¡Qué pregunta más tonta! ¿Para qué va a ser? Para ver lo que hay dentro... —y mirándome, me dijo—. ¿Por qué no empiezas tú, Álvaro? A ti se te dan bien las matemáticas, los números y esas cosas.

—Sin saber las claves es casi imposible. ¿O te crees que las matemáticas son magia? —me justifiqué—. Además, ¡cuantas menos cosas sepamos, mejor!

—Como quieras, pero yo no la devuelvo al armario —dijo tranquilamente, y añadió—: Me servirá como asiento. Mirad, he encontrado también unas cartas, ¿echamos una partidita mientras esperamos?

—¿Mientras esperamos a qué? —Cris estaba un poco nerviosa.

—¿A qué va a ser?... ¡A que se haga de día para irnos de aquí!

—¿Y si no amanece? —no sé por qué Cris se estaba poniendo misteriosa.

—¡Qué tonterías dices! —le reproché.

—En vez de dormir, como vosotros, he estado dando vueltas a lo que le dijo Fernando a David por teléfono.

—¡Le estaba tomando el pelo! —quise calmarla—. ¿O no lo conoces?

—¿Y si no lo hacía? —su voz empezó a temblar—. ¿Si le decía la verdad? ¿Si entre su pueblo y el nuestro no hay ninguna casa abandonada? Fernando conoce muy bien estas tierras, tú mismo lo has dicho...

—¿Te parece que esta casa no existe? —le corté antes de que nos aturdiera.

—¡Tócala, toca la casa! —añadió Belén—. ¿Es real o no?

Entonces intervino David.

—Pues yo conozco un juego de realidad virtual que...

—¡Tú cállate! —le gritó Belén.

Pero David es de ideas fijas:

—¿Os acordáis de cuando estuvimos en el parque de atracciones? Había un simulador que nos hizo viajar a toda pastilla por el interior de una mina, como en la *peli* de Indiana Jones. Recordáis que sentíamos la emoción, el vértigo, el traqueteo y los golpes como si lo estuviésemos viviendo de verdad... ¡Y eso que no nos movimos del asiento!

—¡Bah, sensaciones! —le corté—. Pero ¿tocaste algo real?

—No, si yo no quiero decir nada —se justificó David, pero insistió—. Aunque esas máquinas se pueden perfeccionar. ¡Mirad lo que pasa en los videojuegos!

No quisimos saber nada de ellos.

Ahora había algo cercano que nos preocupaba más. Y Cris trató de justificar su primitiva idea.

—Yo no quiero decir que esta casa no sea real, ¡qué tontería! Lo que me pregunto es dónde estamos.

—No entiendo.

Ya me imaginaba lo que trataba de contarnos, pero no me lo podía creer.

—Pensad por un momento que Fernando no nos haya mentido —se aventuró a explicar Cris—. Entonces, si él no conoce ninguna casa abandonada por la zona, es porque no la hay, pero...

—¿Insinúas que estamos lejos de los dos pueblos? —le pregunté.

—Es una posibilidad.

—¿Muy lejos? —insistí.

—Puede ser.

—No anduvimos tanto —traté de razonar—. Es cierto que nos perdimos, y que seguramente nos pasamos la segunda desviación al principio, pero tampoco estuvimos tanto tiempo dándole a la bici. A mí se me estropeó enseguida.

—¿Y si fuimos en la dirección contraria? —preguntó Belén, que también seguía atenta la conversación.

—O aún más lejos —añadió David—. Desde mi casa no se veía ninguna montaña cerca, y ya veis, no hemos hecho más que subir y subir... ¡Debemos de estar, por lo menos, en el Himalaya!

—¿No habéis oído hablar de los atajos de la Tierra? —nos cortó Cris, que tenía una idea dándole vueltas a la cabeza—. Lo leí en una novela.

—Yo conozco los pasillos del tiempo —añadí—, pero eso es una teoría, física pura que no tiene mucho que ver con la vida real.

—Pues a mí me contaron una vez un caso verídico de un coche que iba por una carretera de montaña una noche de mucha niebla... —comenzó a relatar David.

No quisimos hacerle caso, aunque sabíamos que nuestro amigo se crecía ante las circunstancias adversas. No nos quedó más remedio que aguantar esa historia que ya nos habían contado alguna vez, pero que ahora era el momento más inoportuno para repetirla.

—Entonces —prosiguió— se paró el motor del coche sin saber bien por qué, y al cabo de un rato volvió a funcionar. Al salir de la niebla se dieron cuenta de que la carretera era diferente a la que habían visto hasta entonces y que el paisaje había cambiado. Vieron a unos señores cerca de la carretera, y cuando les preguntaron dónde estaban, les contestaron en un idioma que no entendían...

—¡Serían turistas extranjeros! —dije, tratando de ser lógico.

—¡No era eso, no! ¡Es que estaban en otro país! —apuntó David, y añadió—: ¡Y en otro continente!

—Yo tampoco me creo lo de David —dijo Cris—, pero es cierto que podemos estar muy lejos del punto de partida y en una dirección equivocada.

—Al menos —señaló Belén— estamos en España, porque hemos escuchado la llamada de Fernando.

—¡Lástima de móvil! —suspiré—. Si hubiese traído el mío, no estaríamos ahora así. ¡No volveré a salir sin él!

—Bueno, no es tan grave —dijo Belén—. Aquí estamos bien. En cuanto amanezca y deje de llover, salimos y ya veréis cómo se ve todo de otra manera.

—Es cierto —añadí—. Con tanta agua hemos tenido suerte de encontrar esta casa abandonada.

Más relajados nos acercamos hacia la chimenea para que acabaran de secarse nuestras ropas, y después nos sentamos en el sofá que estaba en medio de la U y miraba directamente hacia la ventana.

Oíamos el cli, cli, cli continuo de la lluvia, pero parecía que lo peor de la tormenta ya había pasado. Hacía tanto tiempo que no había truenos ni relámpagos que David empezó a fantasear.

—¿Os imagináis que fuésemos los únicos habitantes de la Tierra?

—¡Qué tonterías!

—Ésta sería la casa del fin del mundo.

—¡¡La casa del fin del mundo!! —suspiramos, cada uno por su cuenta.

Quisimos no pensar en ello, pero cuanto más lo intentábamos, más nos asustábamos.

—Sí —añadió David, ajeno a nuestros temores—, es igual que un juego que tengo sobre un accidente nuclear. Hay cuatro supervivientes en un refugio y cuando salen no encuentran a nadie por ningún lugar...

—¿A nadie?

No sé por qué pregunté a David. En situaciones así es como echar gasolina para apagar un incendio.

—Bueno, sí, aparecen unos zombis a los que se les van cayendo trozos de cara ensangrentada mientras avanzan...

14. Detrás de la ventana

Hay situaciones en las que las ideas más disparatadas parecen posibles. Aquélla era una de ellas. Sin poder evitarlo, nos pusimos a pensar en las palabras de David.

¡Solos en el mundo!

¡¡Absurdo!!

Me imaginaba que salíamos de aquella casa y empezábamos a andar y andar y andar y no encontrábamos a ningún ser humano vivo. Era pleno día, pero aun así, nos parecía el paisaje más aterrador de todos: estábamos solos en el universo. Llegábamos a un pueblo y no había nadie. Tampoco había nadie en la ciudad, y nadie, nadie...

¿Qué tipo de vida se puede hacer así?

Era una pesadilla, pero como nos acostumbramos a todo, me vi, de repente, enfocando el asunto desde un punto de vista más agradable: si únicamente estábamos los cuatro en el mundo, una de las chicas debería ser, en algún momento, mi novia.

Me puse a pensar en ello y me olvidé de lo espantosa que era la situación. ¿Con quién me quedaría? ¿Con Cris o con Belén? No resultaba fácil elegir. ¿Quién era más guapa? ¿Con quién me llevaba mejor? ¿Quién era más divertida? ¿A quién le gustaban más las aventuras? ¿Quién me conoce mejor?...

En esos momentos de dudas, oí la voz de Cris que me gritaba:

—¡Álvaro! ¡Álvaro!

Al no reaccionar, Belén me agarró del brazo y empezó a zarandearme, al tiempo que decía:

—¿Qué te pasa, Álvaro?... ¡Álvaro!

Y como debía de tener una expresión sonriente, David exclamó:

—¡Está poseído!

Fue en ese momento cuando abrí los ojos.

—¿Qué os pasa? —dije, al ver que me miraban todos.

—¿Qué te pasa a ti?

—A mí, nada; ¿por qué?... —temí que hubiera soñado en voz alta—. ¿Se me nota?

—Parecías otro —me explicó Belén—. ¡Nunca había visto esa extraña expresión en tu cara!

—¡Ni yo!

—Yo sí —intervino David—. Bueno, así es como sonreía el mutante X-7432 cuando se escapa de la prisión y planea su venganza contra...

—¡Cierra la boca! —le gritó Belén.

—¡Oh, chicos! ¡Estoy tan contento de teneros a mi lado! —exclamé, abriendo mucho los brazos, y con esto los descoloqué.

—Siempre nos has tenido —dijo Cristina, luego lo pensó mejor y añadió—: ¿A qué te refieres exactamente?

—A nada. Es que me he puesto a pensar en esta situación y me alegro un montón de que estemos los cuatro juntos. ¿Os imagináis que uno de nosotros tuviera que estar solo en esta casa?

Nadie dijo nada.

No era una buena pregunta.

Seguimos sentados tranquilamente mirando

hacia la ventana. Pero los sofás sin televisión ni Play no son del agrado de David, que, desde el suelo, trató de abrir aquella especie de caja de herramientas.

—¿Por qué no lo dejas de una vez?

—¿Para qué? —protestó—. ¡Aquí no hay tele! ¡No tenemos mucho más que hacer! En vez de resolver crucigramas, intento encontrar la combinación. Sólo son unas cuantas miles de posibilidades de nada. Hay tiempo.

Entonces se levantó, echó más leña a la chimenea y dio vueltas por el salón mirando los paisajes colgados en las paredes.

—¡Mirad! —dijo, pero desde donde estábamos no podíamos apreciar nada—. ¡Este cuadro se parece al cementerio del pueblo que vimos antes!

—¡Todos los cementerios de pueblo son iguales! —le dije, tratando de acabar con aquella conversación tan inoportuna.

—Sí, pero en éste no hay tumbas.

—Entonces, ¿por qué dices que es un cementerio?

—Pues... por los cipreses y por esas cuatro estatuas sin vida —respondió, y tras separarse de la pared, vino hacia nosotros con su frase favorita—. ¡Es extraño, hummm, muy extraño!

—¿Qué es lo extraño? —le pregunté—, ¿que no tengan vida las estatuas?

—No, ya se me había olvidado eso, ¡qué cosas!... —y mirando a un lado y otro, continuó—. Yo me refería a la tele. ¡Una casa sin tele!

—¡Qué más da una tele ahora! Con que haya un pararrayos, me conformo —suspiró Belén, sentada en el sofá, atenta a lo que pasaba fuera.

La tormenta apareció de nuevo. Se oía con más fuerza incluso: los rayos y los truenos se sucedían como si fuese una competición olímpica. La lluvia era lo único que parecía existir. Entonces, Belén, poniéndose en pie, dijo:

—¡Acompañadme!

Nuestra amiga quería acercarse a la ventana, pero no le apetecía ir sola, y tiró de nosotros para que la siguiéramos.

A la luz fugaz de la tormenta se vislumbraba un

oscuro paisaje que se iluminaba con los relámpagos, igual que la pista de una discoteca.

—¡Eh! ¿Qué es eso?... —suspiró David con su cabeza pegada a los cristales.

—¿Qué es lo que has visto?

—¡Un cementerio! —repitió sin moverse.

—¡Otra vez! ¿Es que sólo ves cementerios? —le reproché—. Fíjate bien, son cipreses. Nada más. Hay gente a la que le gusta tener cipreses en el jardín.

—Es cierto —dijo Cris—. Dan una sombra muy alargada.

—Pues yo sólo he visto cipreses en los cementerios, como el que había a la salida del pueblo, o en mi juego sobre los nietos de Drácula —se defendió David—. Además, estos cipreses me suenan. Tienen, ¡hummm!, un extraño orden que he visto en alguna parte, estoy seguro.

No le hicimos caso.

Belén y yo regresamos al sofá, y David volvió a su caja de herramientas, que aún seguía cerrada.

Sólo Cris se quedó mirando atentamente por la ventana. Ni siquiera se movía. Parecía una estatua.

—¿Cuántas horas quedarán para que amanezca? —pregunté, aburrido, en el momento en el que el cielo se iluminó como si fuese un amanecer completo.

Cuatro relámpagos se agolparon de pronto, seguidos del ruido de los truenos. Parecía un torneo de bolos a cámara rápida.

—¡Menuda tormenta! —exclamó Belén.

No le dio tiempo de hacer ningún otro comentario. Nada más apagarse las luces del cielo, Cris, volviendo la cabeza hacia nosotros, gritó:

—¡Hay alguien! ¡Hay alguien ahí afuera!

15. Unos ojos en la oscuridad

Belén y yo corrimos hacia la ventana. David se quedó pegado a su caja.

—Hay alguien, hay alguien —repitió Cris—. ¡Lo he visto!

—¿Dónde?

Señaló al fondo, entre unos oscuros cipreses que se confundían con la negrura del paisaje. Luego, prosiguió:

—Por ahí. He visto unos ojos que estaban por ahí, que me miraban atentamente sin pestañear.

—¿Y todo eso lo has visto en tan poco tiempo? —intervino David desde la mitad del salón.

—Sí, era alguien que nos espiaba.

—Habrán sido los ojos de algún animal —sugirió Belén—: un búho o una lechuza o un murciélago... —y luego, volviéndose hacia mí, preguntó—: ¿Los murciélagos tienen ojos?

—Sí, pero cerrados, ¡los muy tontos! —se adelantó David—. Los vampiros, en cambio, sí que tienen los ojos como los humanos, pero sangrantes.

—¡Shiiiist! —le interrumpí, y corrí hacia él para taparle la boca.

En el ventanal las chicas miraban el apretado paisaje invadido por la lluvia y hablaban entre ellas.

—¡Por más que miro hacia allá, Cris, yo no veo nada!

—Es que está muy oscuro. Espera a que venga un rayo...

Y como si el cielo las hubiese escuchado, aquel jardín cubierto de cipreses se iluminó otra vez; apenas un segundo, pero lo suficiente para...

—¡Es cierto! ¡Está ahí! —clamó Belén, asombrada—. Yo también he visto algo entre las ramas de los árboles: unos ojos o algo así que miraban muy fijamente, pero no estaban por allí sino por allá —dijo, señalando la dirección contraria.

—Los míos estaban a ese lado —le aclaró Cris.

—Ya está —dijo Belén, tratando de finalizar

aquella interminable e inútil charla—. Habrá sido un búho que se ha ido de un árbol a otro.

—¿En mitad de una tormenta como ésta? —pregunté, y corrí hacia la ventana, tratando de adivinar quién tenía razón.

—¿Por dónde está ese búho viajero que decís?

Como las chicas señalaban en dos direcciones contrarias, miré atentamente en uno y otro lado.

—¡Yo no veo nada, absolutamente nada!

—Espera a que llegue un rayo de luz y lo verás —señaló Cris, repitiendo lo que acababa de decir a Belén.

Y en ese instante se dio cuenta del sinsentido de sus palabras al recordar que los ojos de los animales brillan precisamente en la oscuridad: cuanto más negra esté la noche, más fácil es apreciar sus ojos; pero si todo se ilumina, es imposible notar su mirada. Y eso es lo que intentó explicarnos, pero no necesitó hacerlo, pues tanto Belén como yo habíamos llegado a la misma conclusión.

Entonces, si eso era cierto, ¿qué es lo que habían visto Cris y Belén?, me interrogué.

No había respuesta por más que siguiéramos pegados a la ventana. Así que regresamos al sofá, tratando de olvidar aquellas fantasías e intentamos pensar con lógica.

—Ya sé —comenté—. Seguramente, tú, Cris, estabas tan asustada que viste reflejados tus miedos en... ¡en el cristal de la noche!

—¡Menuda frase! —añadió David, y en voz alta, repitió—. ¡El cristal de la noche!... Suena bien para un videojuego. Cuando sea mayor haré uno que se titule así: *El cristal de la noche*. ¡Me voy a forrar!

Las chicas no estaban muy convencidas de mi teoría.

—Oye, que yo no tenía tanto miedo —se defendió Cris.

Belén tenía otra opinión:

—En el caso de Cris, podría ser lo que tú dices, pero lo que yo vi...

—Tú viste lo que querías ver —concluí—. Estabas sugestionada. Te contagiaste de la visión de Cris. Eso es lo que te ocurrió.

Miré a mis amigas, que no parecían muy convencidas. Ni yo mismo estaba seguro de lo que decía, pero era una explicación que nos convenía a todos, así que la aceptamos sin más, y para dejar de pensar en el asunto, fuimos hacia David, que seguía a lo suyo: tratando de averiguar la clave de la cerradura de aquella enorme, misteriosa, pesada y complicada caja.

—¡Ya he probado casi mil números! —nos informó—. ¡Uff, tengo los dedos rotos!

—¡Si quieres te ayudo! —ofreció Cris, que prefería distraer su cabeza con algo mecánico.

—¡Está bien, pero vete con lógica! Yo he empezado en el seis mil. Tú coge las cifras del siete mil y vas subiendo una a una.

—Si la abro yo, lo que haya dentro para mí, ¡eh! —le advirtió.

Supuso que, al estar tan bien cerrada, contendría algo muy valioso: una corona de oro macizo, joyas muy antiguas, diamantes, en fin...

—¡Voy a estirar un poco los dedos! —dijo David entonces, poniéndose en pie y, cogiendo una vela, comenzó a andar hacia la pared de los cuadros.

Quise seguirle, pero, sin darme cuenta, me desvié hacia la ventana. Era como si hubiese un imán que me atrajera hacia allí, y nada más tocar el cristal me sorprendí a mí mismo diciendo:

—¡Teníais razón, chicas!

—¿En qué?

—¡Yo también he visto unos ojos que brillaban en la oscuridad y estaban mirando muy atentamente hacia acá!...

—¡Los nuestros no brillaban en la oscuridad! —me corrigió Belén—. ¡Es más, no brillaban en absoluto! Los vimos cuando nos alumbraron los relámpagos.

—Ah, pues los míos sí brillaban en la oscuridad. Los acabo de ver en plena noche—dije, convencido—. ¡Os lo juro! —traté de limpiarme las gafas—. Ha sido como un cruce de miradas.

—¿Qué quieres decir?

—Que la mirada de afuera, en cuanto se ha sentido descubierta, ha cerrado los ojos... o se ha escondido o... ¡qué sé yo!

—No intentes asustarnos —dijo Cris, muy atenta a la conversación al tiempo que intentaba abrir aquella caja secreta: 7.245, 46, 47...

David elevó la vela hasta la mitad de la pared.

—¡Chicos, creo que la clave está en estos cuadros!

—La clave ¿de qué? —pregunté.

Sabía que era un farol.

—Pues, pues, pues... ¡la clave de todo! —dijo en un tono solemne, sin saber bien cómo salir de sus propios montajes.

Belén y yo nos reímos de puro nerviosos.

—Busca, busca por ahí... ¡Igual encuentras la ruta para descubrir un tesoro!

—¡No lo dudes!

Apenas había observado un poco más la pared, cuando afirmó:

—Este cuadro no muestra un cementerio, como dije antes...

—¡Ya vas entrando en razón! —comenté.

—¡Claro! —soltó—. Los cipreses que están aquí pintados son exactamente ésos —añadió, señalando hacia su izquierda—. Son los cipreses del jardín, aunque ahora parecen más grandes —volvió a mirar hacia la ventana, y concluyó—. ¡Ya está!... Éste es un cuadro del jardín pintado desde nuestra ventana, ¿no lo habéis visto?... —y acercó más la vela hacia la pintura, mientras comentaba—. Lo que no entiendo es qué hacen ahí esas cuatro estatuas de niños muertos.

16. La sorpresa de la caja cerrada

A veces a David le da por inventar cosas, y cuanto más extrañas, más a gusto se siente. Le conocíamos bien. Ésta parecía ser una de esas ocasiones, por eso no le hicimos demasiado caso; pero aun así, nos sorprendió.

—¿Quéeeee?

—Esos tipos de las estatuas parecen de nuestra edad, aunque de otra época. ¡Venid a verlos!

Ni Belén ni yo nos levantamos.

Desde nuestro sofá, y mientras Cris seguía enredando en la caja, decidimos seguirle el juego:

—¡Seguro que son dos chicos y dos chicas! —afirmó Belén.

—¡Hummmm! —dudó unos segundos, y sentenció—: Más o menos.

—¿Qué significa más o menos? —esta vez David se estaba superando a sí mismo—. La matemática es una ciencia exacta —le recordé—. ¿Son dos y dos o no lo son?

—Es que el niño..., el niño... ¡está repetido!

Aquel dato nos dejó fuera de juego y avivó nuestra curiosidad. Nos levantamos por fin y avanzamos hacia el cuadro.

Sin embargo, antes de llegar a la pared, la voz de Cris nos hizo retroceder:

—¡Mirad! —gritó—. ¡La he abierto! ¡La he abierto! —y luego nos explicó—: ¡Era el 7.432! ¡Qué fácil! Ya no se me olvida: siete, cuatro, tres, dos...

—¡Mía, mía, mía...! —se oyó de repente a David, que, aunque estaba más lejos, llegó antes que nosotros y se sentó encima de la caja, tras gritar un último ¡mía!

—Si es un tesoro —dije yo—, lo repartiremos entre los cuatro. ¿Somos o no somos una pandilla?

—Pues... no lo sé bien —contestó David—. ¡A mí no me hacéis mucho caso!

—¡Te hacemos el mismo caso que a los demás!

—¡Y nunca queréis jugar conmigo a los videojuegos! Tengo uno muy divertido que es para cuatro, como el parchís, y aún no lo he estrenado con vosotros.

—¡Vale, vale, jugaremos! —le prometí.

—¡Conmigo no contéis! —añadió Belén.

—Bueno, ¿miramos lo que hay en la caja? —gritó Cris, impaciente.

—¡Vale! —cedió David—, pero la abro yo, que soy su dueño. Yo sacaré las cosas, ¿eh?... ¡Nada de meter manos ajenas!

Entusiasta, se apresuró a levantar la tapa y, tras hacerlo, un mismo suspiro de decepción nos unió a los cuatro.

—¡¡¡¡Ohhhh!!!!

Allí no había oro, ni joyas ni piedras preciosas, sino un montón de chatarra pesada y oxidada.

—¿Qué es esto? —preguntamos, antes de analizar lo que teníamos delante.

—¡No lo sé! —clamó David, decepcionado.

—¡Apartaos! —nos ordenó Cris, echándose hacia atrás de un salto—. ¡No los toquéis! —repitió, con la mirada muy fija y enrojecida—. ¡Son instrumentos de tortura!

—¿Instrumentos de tortura?

De repente, el salón quedó casi en oscuridad, porque al pronunciar Cris aquellas palabras me eché hacia atrás y tiré al suelo las dos velas que había en la mesita. La tercera, que se había llevado David, seguía al pie de la pared y proyectaba una sombra pegajosa hacia nosotros.

Casi en penumbra permanecimos un rato, mirándonos muy despacio, sin atrevernos a decir nada, atentos a cualquier ruido por insignificante que fuese. Y más que en ruidos, pensábamos en gritos y gemidos.

La idea de Cris nos había dejado huella y andábamos como sonámbulos: instrumentos de tortura. ¿Dónde estábamos entonces? ¿Qué casa era aquélla?

Tras unos segundos de tenso silencio, Belén sacó un encendedor que llevaba consigo y encendió de nuevo las velas. Y así, con aquella luz encima de la caja, nos atrevimos a mirar con más detalle dentro, y entonces comprobamos que lo que había dicho Cris tan precipitadamente no tenía demasiado sentido.

—¡Qué tontería es eso de los instrumentos de tortura!... —señalé—. Esta caja parece de un albañil o un pintor. Mirad, hay una espátula, y brochas, y...

—Y un mazo y un punzón —me cortó David.

—¡Seguro que tiene sangre en la punta! —añadió Cris, que aún seguía preocupada.

—¡Yo creo que ese mazo y esa estaca son para matar vampiros! —sugirió David—. ¿No lo habéis visto en las películas?

—¿No estamos exagerando un poco? —dijo Belén—. ¿Por qué no nos olvidamos de esta caja y...?

—Vale, pero la he abierto yo, ¡eh! —dijo Cris—. Yo he adivinado el número: el 7.432. ¡Facilísimo!

—¿Seguro que era el 7.432? —preguntó David.

—Sí, pero tú no me has dicho nada.

—No, si es que... el 7.432 es el mismo número del mutante de mi juego de ordenador, del que os hablé antes. ¿No os habéis dado cuenta? —nos miró a todos como si esperase un aplauso, y como no dijimos nada, añadió—: ¡Es muy sospechoso!

—¡Es una casualidad! —sentencié, en el mismo momento en el que empezó a oírse algo que parecía la danza de unas calaveras borrachas, y sin pensar bien lo que decía, añadí—: Como es una casualidad que ese sonido sea igual que el de tu móvil.

¡Cla, cla, cla, biiiiiiii, cla, cla cla, hip, hip!

Los cuatro nos callamos de repente, y hasta dejamos de respirar para estar más atentos al débil chirriar que venía de más allá del salón.

—¡Es que es mi móvil, mi móvil! —repitió, alborozado, David—. ¡Está en la cocina y me llaman!

Avanzó unos pasos hacia la puerta, volvió la cabeza y, como vio que no le seguíamos, se detuvo.

—¿No me acompañáis?

—¡Tu móvil está escacharrado! —le recordó Belén.

—¡Se cayó en un charco, es imposible que vuelva a funcionar! ¿Lo has olvidado? —añadí.

—Pero yo lo oigo, lo oigo... ¿No lo oís vosotros?

Lo habíamos oído, o eso creíamos, pero en esos momentos dejó de sonar.

Ninguno quiso decir nada. Ni siquiera nos movíamos.

Al cabo de un rato, y cuando sólo se notaba el latido de nuestros corazones acelerados, volvió a escucharse el chirriar, los grititos y otros ruidos de ultratumba: ¡Cla, cla, cla, biiiiiiii, cla, cla cla, hip, hip, hip...!

—¡Me vuelven a llamar! —señaló—. ¡Vamos, chicos, por favor, acompañadme a la cocina, que ahí está nuestra salvación!

—¿Y si no es tu móvil? —preguntó Belén.

—Puede que alguien quiera que salgamos y nos está tendiendo una trampa —razonó Cris.

—Bueno, tampoco hay que exagerar. No pasa nada. ¡Aquí estamos seguros! —dije yo, señalando la puerta cerrada y los barrotes de las ventanas.

David no era de la misma opinión. Había algo que le inquietaba.

Sin decir ni palabra miró hacia atrás, dudoso, intranquilo, fijándose en el cuadro de la pared, que desde donde estábamos no se distinguía bien, pero él lo recordaba perfectamente. Y murmuró:

—¡No sé, no sé!

—¿Qué es lo que pasa?

Y como si hubiese tenido una revelación, añadió:

—¡Claro! Son gemelos, como las hermanas Olsen. No es un niño repetido, sino dos, dos iguales...

—¿Quéeee?

—¡El cuadro ese de las estatuas de los niños muertos!

17. David tiene razón

David echó a correr hacia la pared para comprobar lo que nos acababa de decir. Los tres le seguimos. Ya no estábamos seguros de que se hubiese inventado aquella historia de las estatuas.

Cuando llegamos hasta el cuadro, comprobamos que el paisaje era tal como nos lo había descrito: un jardín descuidado con unos pocos cipreses y, entre ellos, aparecían las estatuas de cuatro niños algo más pequeños que nosotros.

Me fijé en sus caras atentamente, recorriendo la pintura de izquierda a derecha: un chico, una chica, otra chica y... ¡otro chico!, que se parecía muchísimo al primero. Sin duda, podían ser gemelos.

—¡Ya veis que no os estaba tomando el pelo! —nos recriminó David—. Yo, ejem, nunca miento.

Mientras nuestro amigo se mostraba orgulloso de su descubrimiento, nosotros seguíamos atentos al cuadro y lo comparábamos con el jardín que teníamos delante del ventanal. El parecido no era tan evidente como aseguraba David. O nosotros no lo veíamos así.

—¡No sé! ¡No estoy muy segura...! —murmuraba Belén.

—¡Es raro! —me dije y, en voz baja, proseguí—: ¡Aquí hay algo que me es familiar!

David me oyó.

—¿Qué dices?

—Nada, bueno, no sé. Aquí hay algo que ya he visto antes. Estoy seguro.

—¡Anda ya! El primero en ver este cuadro he sido yo, que conste... ¿Verdad, chicas?

Pero ni Belén ni Cris andaban pendientes de nuestra conversación. Cris parecía tener la mirada perdida. Era como si estuviera a punto de hacer un descubrimiento importante. La conocía bien.

Belén, por su parte, seguía moviendo la cabeza y corriendo del cuadro a la ventana, y allí permaneció un buen rato sin despegar la cabeza del cristal. Al fin se volvió.

—Chicos, yo no estoy segura de que esa pintura sea el mismo paisaje que tenemos aquí delante. En el jardín hay unos cuantos cipreses, es cierto, pero también otros árboles que ni siquiera aparecen.

—¡No tendría tiempo de pintarlos todos! —sugirió David—. ¡Ya sabes cómo son los artistas!

—¿Y las estatuas? —se volvió Cris hacia el cristal—. He mirado por ahí, y por más que me fijo no veo nada.

—¡Es que está muy oscuro! —le dijo David, que por una vez razonaba con buena lógica—. ¡Espérate a que llegue un relámpago!

—¿Un relámpago? —e instintivamente dirigí los ojos hacia un ventanal—. ¡Ya no hay tormenta!

Nada más decirlo, nos callamos. El silencio era tan fuerte que se oía hasta el ruido que hacen las llamas de las velas cuando chupan el aire. Era impresionante.

Al final, David, como casi siempre, fue el primero en hablar.

—¡Es cierto! Ya no hay tormenta —repitió—, y ni siquiera nos habíamos enterado. ¿Salimos?

—¿A qué?... ¿A tomar el sol? —bromeé.

—No, a buscar esas estatuas que Belén no ve. Estoy convencido de que están ahí. Creedme, mi instinto no me engaña. Cris, ¿me dejas la linterna?

Cristina no le contestó. Tenía la cabeza colgada en el aire, como si fuese un globo, y no miraba a nada ni a nadie. Se notaba que estaba en otro mundo o quizá había algo que daba vueltas en su mente.

—¡Estatuas, pues claro! —se dijo para sí.

Y de pronto nos sorprendió a todos con una frase que nunca hubiera imaginado que pudiera salir de su boca, ni tampoco de la de ninguno de nosotros:

—¡David tiene razón!

—¿Quéeeeeee?

Cris advirtió nuestro gesto de sorpresa, no muy distinto al que hubiésemos puesto al ver a un marciano, y añadió:

—¡Ahora sí que tiene sentido!

La cara le brillaba. Parecía que había resuelto el caso de una novela de misterio antes de llegar al último capítulo. Se la veía tan emocionada que casi se había olvidado del lugar donde seguíamos.

—¿No os dais cuenta? —nos preguntó, abriendo mucho los brazos—. ¡Todas las piezas encajan!

—¡Eso es lo que decía yo! —señaló David, satisfecho, y añadió, mirando a Cris—: ¿Qué piezas?

—Pues todo lo que nos parecía absurdo, fuera de lugar, extraño...

David, crecido, continuó con sus bromas:

—¿Veis? Ya os dije yo que no era extraño lo extraño —lo pensó mejor y añadió—: Qué extraño, ¿no?

—Os digo que por una vez David tiene razón —continuó Cris, y empezó a enumerar sus descubrimientos—: la gigantesca mesa de madera sin ninguna silla alrededor, el enorme horno de la cocina...

—¿Seguro que es un horno? —le interrumpí—. Podía ser un ascensor disimulado...

—No, es un horno, y tiene relación con estas cosas que hemos encontrado aquí —dijo señalando la caja—, e incluso con la pintura que ha visto David en esa pared.

—¡Explícate!

—Muy sencillo. ¡Estamos en el hogar de un artista! ¡Ésta es la casa de un pintor y escultor! ¿No lo veis?... Ese mazo y ese punzón son para picar el material; el horno es para cocer las esculturas de barro, y si hay estatuas en ese cuadro es porque ahí las ha dejado el dueño de esta casa. ¡Qué mejor sitio que un jardín trasero! Es como un almacén, y además adornan...

—Sí, todo eso tiene lógica, Cris, pero yo no veo ninguna estatua por ahí... —le corté.

—¡Salgamos a comprobarlo ahora que no llueve!

—¿Ahí fuera? —preguntó David por preguntar, y aunque hacía unos momentos fue él quien sugirió salir, ahora había cambiado de opinión—. Yo os espero aquí, tranquilamente. No quiero mancharme más de barro.

18. El jardín de las estatuas

No insistimos. Si David no quería acompañarnos, no nos importaba. Teníamos una misión que cumplir, y como andábamos en pleno proceso de investigación y a punto de descifrar aquel enigma, se nos olvidaron todos nuestros temores.

Cris, que no suele ser precisamente la más valiente del grupo, salió muy decidida, armada con su linterna, igual que una espada de luz de la Guerra de las Galaxias. A su lado iba Belén. Su marcha fue tan precipitada que me quedé atrás, entre las sombras, desorientado, y entonces tropecé con algo que había tirado en el suelo.

—¡Ay! ¡Qué golpe más tonto! —y cojeando, corrí en busca de mis amigas, que habían oído el encontronazo y se habían detenido en el umbral de la casa.

—¿Qué te ha pasado?

—Nada. ¡Uff! Como no me habéis esperado, he venido corriendo y he chocado, he chocado con...

—Pues nosotras no hemos visto nada. Sólo hemos oído el ruido. ¿Te has hecho daño?

—No, no mucho.

—¿Y qué era? —se interesó Belén.

—Algo gordo y duro. ¡Vete a saber!

Sin más diálogo, avanzamos hacia la derecha, rodeamos uno de los lados de la casa y llegamos, al fin, hasta su parte trasera: el jardín de las estatuas.

La luna había aparecido en el cielo y se veía débilmente entre los cipreses, pero las esculturas —si las había— debían de estar tapadas por la vegetación, crecida de manera exagerada sin que nadie la cuidara.

—¡Esto es una selva!

—A mí me recuerda un laberinto —Cris jugaba con el rayo de luz de su linterna—. ¡Es divertido buscar estatuas en este lugar! ¿Nos separamos a ver quién las encuentra primero?

No era una buena idea y así se lo recordé.

—Oye, que tú tienes la linterna, y nosotros...

Estábamos a la altura de los ventanales del salón. La vegetación ya no era tan espesa, como si alguien la hubiera recortado por aquella zona. Miramos hacia la casa, buscando la silueta de David, pero no se veía a nadie. Todo estaba en completa oscuridad.

—¿Seguro que ése es nuestro salón? —preguntó Cris enfocando hacia los cristales.

—¡Seguro! —dijo Belén—. Yo veía este ciprés desde allí, me acuerdo bien.

—¿Y David? —Cris seguía inquieta.

—¡Se le habrá apagado la vela y se ha escondido en el armario!—la tranquilicé—. ¡Ya sabéis cómo es!

Pero mis amigas no se rieron de la gracia. Se diría que andaban un poco preocupadas.

No sabíamos hacia dónde avanzar.

Como un explorador, la luz de la linterna iba de un lado a otro, tratando de hallar el camino correcto. Y fue en ese momento cuando, a nuestras espaldas, oímos una voz que nos resultaba demasiado familiar y que ya estábamos echando en falta:

—¡Aquí! ¡Aquí detrás! ¡Enfocad aquí detrás, que no veo!... ¡Uf, qué golpe más tonto!

David corría torpemente hacia nosotros.

—¿Qué te pasa? —preguntó Belén—. ¿Por qué vienes hasta aquí ahora?

—¡Ay, ay! Es que... —apenas si podía respirar— en cuanto desaparecisteis oí un ruido en la casa.

Cris se rió.

—¡Era éste! —dijo señalándome con la linterna—, que como no veía tropezó con no sé qué cosa que había en el suelo.

—¿Tú también? —me preguntó, no sé si aliviado o más preocupado—. ¡Qué horror! Estaba duro. Creí que era un cuerpo muerto que alguien había dejado allí a propósito. Eso tiene que ser, porque cuando llegamos a la casa no estaba. No había nada. ¿Os acordáis?... Alumbramos bien la entrada.

—Es cierto —recordé—, pero puede ser cualquier trasto viejo que se ha caído de alguna parte y con la tormenta no lo hemos oído. Ya sabéis cómo retumbaba la casa.

—A mí me pareció algo de piedra.

Andábamos en esas discusiones cuando Belén, que le había quitado la linterna a Cris y exploraba el lugar, vino hacia nosotros.

—Yo creo que hay que ir por ese lado —dijo, echó a andar, y fuimos tras sus pasos, todos menos David, que seguía inmóvil, como una estatua.

—¡Eh, espera, esperad! ¡Que aún no os he contado lo del salón!

—¿Qué? —nos volvimos al mismo tiempo.

—Había alguien —corrió hasta nosotros—, alguien nos vigilaba. Lo oí en cuanto os fuisteis. Yo creo que estaba escondido en el armario, pero..., ¡no sé!, cuando cogí la caja de herramientas miré bien y no había nada. A no ser...

—...Que el armario tenga una entrada secreta —completé yo.

Era la única posibilidad de hallar un sentido a lo que nos contaba.

Ni Belén ni Cris hacían ningún caso ni de David ni de mi teoría. Seguían pendientes de sus estatuas, andando entre los árboles.

Mientras íbamos detrás de ellas, David continuaba contándome la historia.

—No he venido porque tuviera miedo, que conste, sino para advertiros... Porque se fue por un pasadizo secreto.

—¿Pero quién?

—Pues el que estaba escondido en el salón y escapó por el armario, ya te lo he dicho. Estoy seguro de que ahora estará por aquí, vigilándonos. ¿No lo ves claro? —y sin esperar respuesta, continuó—. ¡Anda, adviérteselo tú a las chicas, que a mí no me creen! ¡No sé por qué!

Le miré entre dudas. David es muy fantasioso, te explica lo primero que se le ocurre, mezcla asuntos de sus videojuegos con la realidad y se inventa las historias más raras, pero ahora no me parecía tan absurdo aquello que me contaba.

Aceleré el paso para poder estar todos juntos. Y David insistió:

—Debe de haber algo en este jardín que quiere que no descubramos.

—Puede que tengas razón —le dije.

Un científico debe contemplar todas las posibilidades.

Ya iba a comentárselo a las chicas, cuando Belén alzó la linterna y nos gritó:

—¡Mirad, una estatua!

Era uno de los gemelos del cuadro. A simple vista parecía un chico un poco más bajo que nosotros.

—¡Es de tamaño natural!

Belén se acercó.

—¡Esto no es piedra! —dijo algo sorprendida.

—No, pero lo parece, ¿verdad? —yo también la toqué—. Será barro cocido, que le han dado un baño de pintura de piedra —comenté, sin saber si existía tal tipo de pintura.

—¿Me ayudáis a subir? —nos pidió Cris al pie del pedestal—. Quiero comprobar una cosa.

—Ya sabemos que eres más alta que él —le dije, sonriendo.

Alzamos a Cris hasta el pedestal, que era muy ancho; puso su cabeza a la misma altura que la de la estatua y miró hacia la casa.

Una vez comprobado lo que buscaba, señaló:

—Desde aquí se divisa la ventana del salón.

Éstos debían de ser los ojos que yo vi en la tormenta. Eran de una estatua. Claro, por eso me parecieron tan... ¡sin vida!

—Pues si estos ojos son los tuyos, los míos deben de estar... —Belén enfocó con la linterna hacia un lado— unos árboles más allá. ¡Vamos!

Y echamos a correr inmediatamente los tres.

—¡Eh, esperadme! ¡No me dejéis aquí subida!

19. La misteriosa niña de piedra

Como Belén y David ya se habían lanzado a la búsqueda de las otras estatuas, fui hacia Cris y le tendí la mano para que descendiera más fácilmente.

—¡Gracias, Álvaro! ¡No sé qué haría sin ti! —me dijo, y me dejó tan encantado y aturdido que me quedé plantado en el sitio.

Cris, que había avanzado, se detuvo al ver que no la seguía, y gritó:

—No te quedes ahí, Álvaro. Vente para acá —se acercó y me tomó del brazo— y no te separes. Hay que andar juntos hasta que encontremos a los otros. Uff, no me imagino recorriendo sola este lugar. ¡Qué horror!

—Tranquila —dije una vez que volví a la realidad—, que no pasa nada. Si nos perdiésemos, no tenemos más que buscar el rayo de luz de la linterna.

—Es cierto, pero ¿qué pasa si se gasta la pila? Yo tengo aquí la de repuesto.

Aquél era un posible incidente con el que no había contado, así que me apresuré a tomarla de la mano y acelerar el paso.

Echamos a correr con ciertas precauciones. No era fácil avanzar en tal penumbra, entre arbustos desconocidos y con un suelo blando, que se hundía bajo nuestros pies.

Aún seguíamos cogidos de la mano, cuando Cris me apretó con fuerza y dijo:

—¡Párate!

Así lo hice, al tiempo que preguntaba:

—¿Qué te pasa? ¿Estás cansada?

—No, no es eso... —se calló, como si estuviera pendiente de algo que había a su alrededor—. ¿No has oído?

Yo sólo oía el latido acelerado de mi corazón. Nos volvimos en aquella oscuridad.

—¡Ya ves! —quise calmarla—. No hay nada.

—Pues yo he notado algo por detrás. Parecían pasos que nos seguían y se han detenido cuando nos hemos parado nosotros. Es como si alguien nos vigilara.

—Es tu imaginación, Cris, esas cosas ocurren, pero aquí estamos seguros —le expliqué, sin creérmelo, y echamos a correr para llegar cuanto antes junto a nuestros amigos.

Nada más aparecer, David nos saludó con su descubrimiento:

—¡Mirad!... ¡La chica! Bueno, una de las chicas de mi cuadro. ¿Veis como tengo razón?

—Nadie hubiera imaginado que la pintura del salón fuese de este lugar, ¿verdad? —dijo Belén—. Aunque los ojos que yo vi estaban más allá, hacia la derecha de la ventana, lo recuerdo bien.

—¡Serían de la otra niña! —apuntó David, que se creía el experto mundial en aquel jardín—. O del gemelo. ¡Vamos!

—¡Esperad! —dije, antes de que se pusieran a andar, y al girarse, miré hacia la estatua y les pregunté—: ¿No os recuerda a nadie?

—¿Quién?

—Esa niña. Tiene una cara que he visto en alguna parte. No sé dónde.

—¿Dónde va a ser? En el colegio, que es donde están las chicas que conocemos —añadió David, y tras pensar un rato, dijo—: Puestos a buscar parecidos, esa niña tiene un aire a...

—¡Ya sé! —soltó Cris, ilusionada—. Es igual que Paula, la chica del C que siempre está en la biblioteca. ¿No os lo parece?

—Ah, sí, se da un aire —comentó Belén, sin darle importancia—. Esa chica que va vestida como si viviera en la época de su madre.

—¡A mí me gusta cómo viste! —la defendió Cris.

—Claro, porque tú eres una antigua como ella.

—Pues mejor ir como una señorita que no como un futbolista que acaba de salir del gimnasio.

—¿Qué insinúas, Cristina?

David y yo contemplábamos asombrados aquella situación. Si no lo hubiésemos visto, no lo habríamos creído. En plena noche, en una casa perdida en el fin del mundo, en mitad de un jardín que parecía un cementerio, en fin, allí mismo, delante de nosotros, Cris y Belén discutían sobre la forma de vestir. Era algo que me resultaba inimaginable. Las chicas deben de ser otro mundo, y así lo interpretó David al comentarme:

—¡Bah, cosas de chicas!

Pero no era la ropa de la niña lo que había despertado mi atención, sino la cara. Yo había visto aquella cara redonda en alguna parte y no hacía demasiado tiempo. Me puse a repasar rápidamente algunas películas, por si se trataba de alguna actriz. En mitad de las historias que me llegaban, se me coló, de repente, una imagen que se quedó fija en mi cabeza, como una fotografía. Era de la chica con la que me había cruzado esa misma mañana en el pueblo.

—¡Oh, no! ¡No puede ser! —suspiré en voz alta, y automáticamente moví la cabeza de izquierda a derecha, como si quisiera negar lo que se me estaba ocurriendo, y repetí—. ¡No puede ser!

—¿Qué te pasa? —se interesó David, que estaba a mi lado y me miraba alucinado—. ¡Ni que hubieras visto un fantasma!

—Pues, pues, pues... —intentaba buscar rápidamente una explicación, pero mi cabeza no estaba para pensar con lógica, y cada vez que me fijaba en la estatua, veía la cara de la niña—. ¡Es absurdo! —suspiré, frotándome los ojos, como si quisiera despertar.

—Corre, Álvaro, que las chicas nos dejan atrás.

Miré por última vez hacia el lugar de la estatua, ahora en la oscuridad, y lo único que vi fue la cara de la niña del pueblo que flotaba y brillaba como si fuese un fantasma. Tenía alucinaciones.

Si aquella estatua llevaba muchos años allí (y eso se notaba por el musgo que sobresalía entre las grietas), ¿cómo explicar que fuese la de la niña que había visto esa mañana en el pueblo?

Comencé a dar vueltas a todas las posibilidades:

A) El escultor era un visionario.

B) La niña no ha crecido desde entonces.

C) Hay una maldición.

Cada explicación resultaba más absurda que la anterior. Todavía seguía dando vueltas al asunto cuando sentí la mano de David que tiraba de mí:

—¡No te quedes aquí plantado! ¿Qué te pasa?

—Nada, nada.

—Pues vámonos de una vez.

No fue difícil seguir el rastro de luz y alcanzar a las chicas, que se habían detenido detrás de un árbol viejo. Allí había otra estatua: una niña de la misma edad y con un aire antiguo. Su cara, por suerte, no me recordaba a nadie.

—¡Ésta es! ¡Éste es el lugar! —afirmó Belén—. Así que esto resuelve el misterio de las miradas que vimos en la noche. ¡Cuántas vueltas damos a las cosas, y qué simples resultan luego cuando conocemos la explicación!

—¡No sé! —Cris empezó a dudar.

—¿No lo ves claro?

—Sí, sí, es cierto, tienes razón, Belén, pero a veces... ¡las cosas no son lo que parecen!

20. La estatua que desaparece

Cris es la más reflexiva de los cuatro, la que da vueltas a todo, la que suele mirar más allá y a veces ve problemas donde no los hay. Pero éste no parecía ser uno de esos casos.

Por mi parte, en cualquier otra situación yo hubiese tomado partido por la idea de Belén, pero tenía la cabeza revuelta y no me aclaraba con la visión de aquella niña.

—¡Algo raro está sucediendo aquí! —suspiré como si fuera David.

Mi amigo, sin embargo, se mostraba tranquilo y se animaba con los nuevos descubrimientos:

—¿Veis? ¡Esto confirma mi teoría de que el cuadro del salón era una copia de este jardín! Así que —dijo, señalando hacia la izquierda— por ahí debe de estar la cuarta estatua, y será exactamente igual que la primera. ¡Me apuesto... la Play! ¿Alguien se anima?

A nadie le gusta apostar para perder, y David, esta vez, tenía razón, no había duda.

Hasta ese momento habíamos encontrado las estatuas a la misma altura, separadas por el mismo número de árboles, igual que en la pintura, así que no era difícil adivinar dónde estaría la última. Y con esa seguridad avanzamos.

—¿Os dais cuenta? —comentaba David, parlanchín—. Son cuatro estatuas de niños, como nosotros: dos chicas y dos chicos. ¡Qué casualidad, eh!

—Sí, ¡demasiada! —comentó Cris, secamente.

Por su tono se notaba que no quería seguir hablando del tema, y aceleró el paso. Como encabezaba la marcha, los demás tuvimos que correr un poco más.

No tardamos en llegar a un pequeño claro, donde también había una estatua. Notábamos el bulto en la penumbra.

Cris enfocó el pedestal, y según iba ascendiendo el rayo de luz, comprobamos que aquella estatua no era la esperada.

—¿Qué es eso? —dijimos, casi a la vez, deteniéndonos a unos cuantos metros.

Ante nuestros ojos se alzaba una estatua de color negruzco (las otras eran grises), hecha de hierro o de algún otro metal carbonizado. Pero la verdadera sorpresa era que no se trataba de ningún niño, sino de un hombre.

Estábamos tan asustados con aquel descubrimiento que ni siquiera sentíamos en la piel el viento que movía ligeramente la estatua.

—¡Es absurdo!

No nos atrevíamos a acercarnos.

—¡No lo entiendo! —exclamó David.

Nosotros tampoco lo entendíamos, pero aun así pregunté:

—¿Qué, David?

—No está la estatua del niño. La han suplantado —y se puso a pensar con rapidez, como hacía ante la Play—. Si esto fuese un videojuego, estoy seguro de que ese tipo sería el malo de la historia, disfrazado de estatua, pero aquí...

—Bah, nos habremos confundido —dijo Belén, tratando de hallar una explicación rápida—. La otra estatua del cuadro estará por otro lado. No es fácil orientarse por la noche entre tantos árboles.

—¿Y ésta?

—Pues no sé, ésta parece más reciente. La habrán dejado aquí después de pintar el cuadro. ¿No es la casa de un escultor?

David no decía nada. Estaba tan decepcionado que hasta se había olvidado del miedo. Tomó la linterna y se adelantó.

—¡Mirad! Es el mismo pedestal de la estatua del niño gemelo. Miradlo bien —dijo, señalando la parte de arriba.

—¡Todos los pedestales son más o menos iguales!

—Sí, pero mirad lo sucio que está este pedestal. ¿Veis? Está lleno de mierda de pájaro, y en los demás pedestales no había nada.

—¿Qué quieres decir? —comenzamos a inquietarnos.

—Éste es el sitio en el que tenía que estar el otro gemelo. En el cuadro había algo que me llamó la atención, y es que sobre la cuarta estatua se veían algunos pájaros negros.

—¡Sería un efecto artístico! —dijo Cris, que entendía de pintura más que nosotros.

—No creo que el pintor se lo inventara, porque los pájaros del cuadro y los de aquí, los del paisaje real, coinciden. ¿O es una casualidad?

—Lo raro —suspiré— es que sólo anden por este lugar.

—Si yo fuese pájaro —habló Cris, sin atreverse a mirar de frente la negra figura que se balanceaba ligeramente con el viento—, me posaría antes en las otras estatuas. Ésta no me gusta nada.

—¡Eh! —Belén se arrodilló al pie del pedestal y recogió algunos pétalos mustios—. ¡Aquí ha habido flores cortadas!

—¡Son... crisantemos! —le informé en cuanto se acercó.

—¡Claro! —exclamó David, satisfecho por el descubrimiento—. Ya me había olvidado de ello. Alrededor de la cuarta estatua (que debería ser la del niño, insisto) se veían pájaros negros y un montón de flores como ésas, pero enteras.

—¡Son crisantemos! —repetí yo.

—¡Crisantemos, las flores de los cementerios! —nos recordó, innecesariamente, Cris.

Automáticamente miramos con aprensión aquella estatua negra y dimos unos pasos hacia atrás.

Nadie decía nada. No nos atrevíamos.

Había un enorme silencio.

Hasta que David se vio obligado a contar en voz alta lo que pasaba por su cabeza. Es algo que no puede evitar. En casos como éste, lo hace para compartir sus temores.

—Si hay flores de cementerio aquí, sólo aquí, será porque esta estatua está muerta. ¡Por eso los pajarracos revolotean a su alrededor...!

—¡Menuda tontería! —le cortó Belén, indignada—. Las estatuas no están ni muertas ni vivas. ¡Son estatuas, nada más! Son piedra o hierro o cemento o madera o lo que sea...

—No te fíes —insistió Cris—. Una vez leí un libro que se titulaba *La ciudad de las estatuas muertas..*, y en esa historia las estatuas vuelven a la vida y se rebelan.

—¡Vaya, ya nos has contado el final! —bromeó David, algo insólito en una situación así—. Ahora ya no podré leer el libro, aunque si sale en un vídeo para la Play, seguro que me lo compro. Eso de los muertos vivientes da mucho juego...

—¿Por qué no nos largamos de aquí? —sugerí.

—¡Estoy de acuerdo! —me respaldó David—. ¡Hay que buscar la escultura del niño gemelo ese! ¡Vámonos por ahí!

Y echó a andar.

Belén fue tras él y yo los seguí.

—¡Esperad! —gritó Cris, que se había quedado plantada en el mismo lugar, pero al ver que no retrocedíamos, corrió hacia nosotros, gritando—. ¡La estatua me ha mirado, la estatua me ha mirado!

—¡Vamos, Cris, que esto no es una novela de las tuyas! —le comentó Belén.

—¡Es cierto! ¡Os lo aseguro! —trataba de convencernos de su descubrimiento—. Venid, vamos a comprobarlo. Ya veréis cómo, si la miráis muy atentamente a los ojos durante un buen rato, pestañea. Lo he visto.

—¿No serás tú la que ha pestañeado? —le dije; la explicación más evidente en mi opinión.

—¿No me crees, Álvaro?

Prefería no comenzar a discutir allí mismo, así que, tratando de ser práctico, le dije:

—¡Te voy a acompañar para demostrar que ves visiones! Eso es una estatua y nada más.

Apenas habíamos avanzado treinta pasos entre los árboles, cuando Cris, que tiene una vista de lince y ve mejor que nadie en la penumbra, exclamó:

—¡Ya no...! ¡Ya no....! —y señaló hacia delante con el dedo, que le pesaba tanto como si fuera de cemento.

La luna iluminaba ligeramente aquel claro y al acercarnos descubrimos que la estatua negra había desaparecido. Únicamente quedaba un pedestal, solo en mitad de la noche. Era absurdo.

Cris sólo tuvo fuerzas para exclamar, a media voz:

—¡Se ha ido!

21. Regreso al salón del cuadro

A pesar de nuestro rostro desencajado y de la mirada perdida, Belén y David no nos creyeron cuando llegamos corriendo hasta ellos y les contamos lo que habíamos visto. Es decir, lo que no habíamos visto.

—¡Os habéis puesto de acuerdo para tomarnos el pelo! —nos interrumpió Belén.

—Si pretendéis asustarme con esas tonterías de estatuas que desaparecen, estáis perdiendo el tiempo —dijo David, y continuó—: Un tipo como yo, curtido en mil batallas, no sabe lo que es el miedo...

—¡Ya lo veremos! —nos dijimos Cris y yo.

Le cogimos uno de cada lado y lo arrastramos hasta el lugar de la desaparición. Belén nos seguía sin decir nada. Y al llegar a los árboles que nos habían servido como refugio, señalamos a dúo.

—¡¡¡Mirad!!!

—¡La estatua del hombre se ha convertido en

un cuervo! —gritó David, y luego lanzó un grito—. ¡Qué pasada!

—¿Un cuervo? —Cris y yo volvimos a fijarnos en el pedestal y, efectivamente, descubrimos a uno de esos pájaros negros picoteando encima de la piedra.

—¡Esto no tiene ningún sentido! —murmuraba Belén—. ¿Una estatua que desaparece? ¡Seguro que es un truco! —y sin pensárselo, más enfadada que asustada, caminó hacia ella.

Era tal su seguridad que la seguimos.

El cuervo echó a volar y se perdió en aquella noche, ahora iluminada por la luna.

Belén se agachó y miró alrededor del pedestal.

—¡Fuese quien fuese, se ha metido entre esos árboles! ¿No veis los pasos? —y luego comparó—. Debió de dar un salto y caer por aquí: estas huellas son más profundas.

—¡Una estatua que anda! —suspiró David, girando su cabeza hacia todos los lados.

—¡No era una estatua, tonto! —afirmó Belén, convencida.

Me uní a mi amiga en su rastreo.

—¡Huellas de zapatos! —dije—. Se distinguen perfectamente las marcas.

Cris, que nos iluminaba, seguía nuestra conversación, y aquella noticia no la tranquilizó en absoluto.

—Entonces, ¿quién era?

—La gran pregunta —dije, tratando de ser trascendente— es: ¿por qué?

David, que miraba a todos los lados, temeroso de que volviera la estatua (o lo que fuese), intervino:

—Chicos, ¿por qué no nos largamos de aquí a..., a... un sitio más..., menos abierto? —y girándose hacia la casa, añadió—: ¡Regresemos al salón! Allí al menos hay rejas y cerradura. Es más seguro.

—¡O tal vez ya no lo es! —suspiró Cris.

Por una vez hicimos caso a la sugerencia de David, que supo, mejor que nadie, expresar nuestros verdaderos deseos: huir.

Corrimos a lo loco. Por suerte, ahora conocíamos mejor el camino y llegamos enseguida a la puerta. Cruzamos la entrada, iluminando bien el suelo, pero no vimos nada extraño, así que Belén nos dijo:

—¿Veis como no hay ningún bulto? ¿Con qué os chocasteis, entonces?

David y yo nos miramos perdidos, como si buscáramos que fuese el otro el que diera una explicación de algo que, por mi parte, era inexplicable.

El caso es que las chicas descargaron sus nervios en nosotros.

—¡Sois unos mentirosos!

Nada más cruzar la puerta del salón, Belén hizo un recorrido total por la habitación con el rayo de luz.

—¡Nada! ¡Todo está como lo hemos dejado!

—¡¡¡¡Uf!!!! —suspiramos, más aliviados.

Tras cerrar bien la puerta, nos lanzamos hacia los sofás.

Al cabo de un rato, David se levantó y se acercó a la pared que tan bien conocía. No podía quedarse quieto. Le seguí para observar de nuevo el cuadro del jardín y las cuatro estatuas. Ahora que habíamos estado allí, contemplábamos la pintura con otros ojos.

—No lo entiendo, Álvaro —se quejó David—.

Este cuadro era como un mapa. Lo dejaba todo bien claro. O eso creía, porque en lugar de la estatua del otro gemelo, estaba, estaba... ¿Qué era, en realidad, lo que había allí?

Permanecimos unos segundos en silencio, pendientes de aquel lienzo, como si aquella imagen llevara escrita la respuesta.

Tanta atención me dejó la cabeza loca, porque creí ver a la estatua, como si fuese un dibujo animado, que se bajaba del pedestal y se metía en la casa, tras saludarme con la mano. Fue una visión tan rara que me hizo reflexionar rápidamente y hasta creí haber encontrado una explicación.

—¡Claro, eso es!

—¿Qué es? —me preguntó David.

Lo pensé mejor, y añadí:

—No, no, es absurdo.

—Puede que no. Cuéntamelo.

—Se me ha ocurrido que alguien pudo quitar la estatua del niño, del gemelo, como dices tú. Luego la dejó en la entrada y por eso los dos tropezamos con algo duro. El tipo corrió a subirse al pedestal y...

David me intentaba seguir, pero sus ojos brillaban cada vez más incrédulos, y me interrumpió.

—Tienes razón.

—¿Seguro?

—Sí, es absurdo lo que dices.

—Pues, pues, pues... —empecé a pensar rápidamente— al menos así tiene algún sentido. Recuerda que en Madrid, cuando paseamos por la Puerta del Sol, siempre hay alguien vestido de romano o de don Quijote o de gladiador o... de estatua griega. Y lo hacen genial: no se mueven y parecen estatuas de verdad. Si no tocas, ni se nota que son personas.

—Sí, pero no es lo mismo —dijo David precipitadamente—, aunque, no sé... ¡Vamos a contárselo a las chicas!

Cris y Belén, alumbradas por la luz de un cirio que había en la mesita, se habían quedado dormidas. O así lo parecía.

En ese instante, cuando mirábamos hacia ellas, oímos un ruido, no muy distinto al crujido de una puerta, que procedía del armario del fondo.

—¿Qué es eso? —gritaron al tiempo.

Las chicas se levantaron tan deprisa que tiraron al suelo el cirio, se lanzaron hacia nosotros, chocaron conmigo y entonces se me cayó la linterna.

—¡Vaya!

El salón se quedó a oscuras.

Me agaché por puro instinto tratando de recoger la linterna, y fui tanteando el suelo, avanzando paso a paso, a ciegas... hasta que, de pronto, palpé algo que no era precisamente lo que buscaba: sino unos zapatos grandes, húmedos y embarrados.

No tuve tiempo de imaginarme nada, porque una luz se encendió por encima de mi cabeza y me dio directamente en los ojos.

—¿Es vuestra esta linterna?

«Aaaaaaaahhhhhhhh», oí las voces histéricas de mis amigos a mis espaldas.

22. Una historia de artistas solitarios

Yo no dije ni sí ni no. No me era posible hablar. En la garganta se me había formado un nudo, como de piedra. Y tenía aquella luz encima...

Tan ligero como una serpiente, me levanté de mi postura en cuclillas y corrí hacia mis amigos, que se habían acurrucado al fondo del salón.

No se veía demasiado, pero se notaba perfectamente el bulto de aquella figura que andaba tan lenta y mecánicamente como lo haría... ¡una estatua con vida!

Al llegar a la mesita recogió las velas y las encendió: una figura de carbón o hierro oxidado se nos alumbró en mitad del salón. Entonces pudimos ver que lo que parecía una estatua tenía ojos que eran humanos y nos miraban muy detenidamente.

—¿Quiénes sois y qué hacéis aquí? —su voz sí que parecía de hierro.

Los cuatro nos revolvimos, uno en cada dirección, tratando de despistarle y escapar de allí.

El recién llegado cambió su tono de voz.

—¡Tranquilos, chicos! ¡No quiero haceros daño!

—Entonces, ¿por qué va disfrazado así? —preguntó Belén, mirando fijamente a los ojos a aquel hombre vestido como un paje de la corte de Felipe II.

—Es que... quería asustaros. Pero sólo para que os fueseis de aquí —dijo con suavidad, como si le estuviera hablando a un bebé, y luego, agriando otra vez su acento, clamó—: ¡No me gusta que nadie meta las narices en mis asuntos!

Aquel hombre parecía tener doble personalidad, algo muy preocupante, en mi opinión.

—Pero nosotros...

—¡Ésta es mi casa y vosotros no tenéis derecho a estar aquí! ¿Qué os habéis creído? —siguió con aquel tono desagradable.

—Si ya nos íbamos... —dijo David, sin moverse.

—¡No hemos hecho nada, señor! —añadió Cris—. Sólo buscábamos un refugio para no mojarnos, pero ya no llueve, así que...

Y comenzamos a andar los cuatro, como una piña, lentamente hacia la puerta.

—Esperad —dijo otra vez con suavidad—. No pasa nada si os quedáis aquí más tiempo. Al menos, hasta que amanezca. Ya sabéis que las noches son peligrosas para los que andan perdidos por el monte. Vosotros parecéis buenos chicos. Podríais ser mis hijos, si me hubiera casado con... —suspiró y se quedó mirando al infinito—. Sentaos si queréis, y os contaré mi historia, la historia de esta casa y la de mi padre. ¡Hace tanto tiempo que no hablo con nadie!

David se había quedado con los ojos pegados a la pintura del jardín, lo que no pasó desapercibido para aquel tipo.

—También os contaré la historia de ese cuadro. Lo pintó mi madre. En realidad, todo en esta casa gira en torno a ellos.

—¿Su madre era pintora? —dijo Cris, complacida; a ella también le gusta pintar y se da buena maña con los colores.

—Sí, y mi padre, escultor. Ésta era una casa de

artistas y nosotros éramos una familia feliz, hasta el día en que...

Estábamos los cinco alrededor de la mesita. El recién llegado ocupaba el sofá central; nosotros, los sofás de los lados, lo más lejos posible de él.

Aquella conversación seguía sin ser demasiado tranquilizadora.

—Si no quiere, no nos cuente nada —dijo Belén, a punto de ponerse en pie.

—Oh, no, no. Ya que os tengo en casa, quiero contároslo todo. Por aquí no viene mucha gente —nosotros nos miramos, asustados, y el tipo, como si estuviera solo, suspiró—. ¡Lo que no entiendo es cómo habéis llegado...!

—Nos perdimos.

—Sí, a mí se me estropeó la bicicleta y...

Pero no nos escuchaba.

—Mis padres —siguió con sus andanzas— eligieron este lugar tan escondido y difícil de acceder precisamente por eso: por la soledad. Ellos eran artistas y querían crear libremente su mundo sin que ningún curioso los molestara. Pero no contaron con que la vida sigue...

Se calló un momento, dudó si seguir con su historia, y luego, con los ojos en el techo, prosiguió. No parecía hablar para nosotros.

—Los niños llegan al mundo, incluso para unos artistas entregados a su obra como ellos, y así nacimos Diego y yo: ¡gemelos! Desde nuestro nacimiento, mi madre apenas pintaba y finalmente propuso volver a vivir en la ciudad. Decía que los niños necesitaban estar con otros niños, sociabilizarse...

No había que ser unos superdetectives para intuir, como ya sabíamos, que los gemelos de los que hablaba eran él y su hermano. Los mismos que los de las estatuas y el cuadro. Los cuatro volvimos a mirar la pintura de la pared. Aquel tipo no parecía darse cuenta. Estaba en otro mundo.

—Al final mi padre cedió... un poco. Continuamos viviendo aquí, pero nos llevaba a la escuela y se preocupó de que tuviéramos amigos, aunque no venían mucho por aquí, tan lejos. Y eso que entonces el camino era mucho más corto: no había terraplén, como ahora... ¡Ay, las malditas tormentas! Y se podía acceder por una escalera de madera que había construido para que subieran las visitas que teníamos —se quedó pensativo—. ¡Nos quería mucho nuestro padre! —le brillaban los ojos como si estuviera a punto de llorar—. ¡Claro que a Diego más! Siempre fue su favorito.

Y se calló de repente. El silencio duró un buen rato. Nadie decía nada. ¿Qué podíamos comentar nosotros ante una historia así? Tan sólo esperábamos.

Ahora venía lo más grave. Nos dimos cuenta demasiado tarde.

—¡Entonces ocurrió aquello! Aquel maldito accidente, porque —su voz volvió a cambiar— ¿fue un accidente, verdad? —y nos miró con ojos que parecían flechas.

No sabíamos a lo que se refería, pero teníamos muy claro que había que responderle que sí. Es lo que se llama instinto de supervivencia. Así lo afirmamos con la cabeza, pues no nos salían las palabras de la boca.

—Era el día de mi cumpleaños. Y el de mi hermano Diego. Cumplíamos diez y ya nos sentíamos mayores. Iba a ser el día más feliz de nuestras vidas. Vinieron muchos niños del colegio y de los pueblos de alrededor. La mayoría se fue pronto, pero esa noche se quedaron en casa Inés e Isabel, que eran nuestras mejores amigas. Empezamos a jugar al escondite: Isabel y mi hermano se subieron al tejado, donde habían encontrado un buen lugar para ocultarse. De pronto estalló una tormenta como nunca habíamos visto. Quisieron escapar de allí a toda velocidad, y entonces, un relámpago tan potente que parecía que se había hecho de día relumbró por encima de sus cabezas. Diego e Isabel rodaron por el tejado. Ella quedó enganchada, retenida en la chimenea. Mi hermano no tuvo tanta suerte y...

Enmudeció. Aquel tipo no se atrevía a pronunciar la palabra que todos ya sabíamos. Nos dio mucha lástima y nos acercamos a él. A pesar de su disfraz, ya no parecía una estatua.

—Fue un golpe muy duro —prosiguió, hablando lentamente—. Mi madre no pudo seguir aquí. Lo intentó, pero el lugar se le hacía insoportable y se fue. Al día siguiente de pintar ese cuadro —señaló el lienzo del jardín— dejó la casa y nos abandonó a los dos.

Mi padre, el pobre, se negó a aceptar la muerte de mi hermano. Ni siquiera permitió que lo enterraran en el cementerio del pueblo. Lo quería para él. No tardó en comenzar con esas esculturas del jardín que ya conocéis: a Isabel la tuvo que esculpir de memoria, pues sus padres nunca más la dejaron subir aquí. Inés era mi novia y venía al principio. Vino hasta que se fue mamá...

La voz se le hizo más aguda. Era como si volviera a su infancia. No sabíamos si consolarle o dejarle solo.

David fue el único que reaccionó ante aquel silencio prologando y lo hizo, como es habitual en él, sorprendiéndonos a todos. Se puso en pie y en voz muy baja dijo:

—Ahora vuelvo. Voy a recuperar mi móvil.

Belén se levantó del sofá, pero David le dijo que no con la mano.

—Quedaos aquí con él. A mí ya no me da miedo ir solo por esta casa.

Teníamos muchas preguntas que hacer al recién llegado. Había cosas que no entendíamos: dónde vivía ahora, por qué se había disfrazado de escultura viviente, dónde estaba la estatua de su gemelo... Ni siquiera sabíamos su nombre. Nos hubiera gustado conocer a fondo la historia, pero no nos atrevíamos a interrumpir su silencio. Por su mirada perdida parecía estar en otra parte.

Y así siguió, ausente, dolorido, frágil, hasta que David entró ruidosamente con algo entre los dedos.

—¿A que no sabéis —dijo, como si se hubiese olvidado del dueño de la casa— lo que he encontrado, chicos?

—¿Tu móvil? —le dijo Belén.

—¡Qué va! Algo más gordo: ¡la estatua del jardín que había desaparecido de su pedestal! Está claro que alguien la dejó allí.

Y los tres volvimos la cabeza y miramos al disfrazado, que se levantó del sofá, nos miró con indiferencia, como si no fuésemos nosotros los chicos a los que acababa de contar su vida.

David, que seguía sin fijarse en él, continuó con su aventura:

—¡Cómo son esas estatuas! ¡Ni que estuviera viva! Sin tocarla, se puso a rodar, cayó al suelo y —nos mostró lo que traía— se le ha roto una mano. Miradla.

Y al alzarla, como si fuese un trofeo, contempló la parte quebrada de la muñeca:

—¡Qué raro es el material de esta estatua! Tiene... Humm, por aquí dentro se ven cosas amarillentas, ¡como si fuesen huesos!

Entonces el tipo disfrazado, al que le estaba cambiando la expresión de la cara, se puso en pie. Un relámpago, de repente, iluminó la habitación, y el hijo del escultor se revolvió como un animal herido, gritando a David:

—¡Mi hermano! ¡Mi hermano! ¿Qué has hecho con mi hermano?

23. ¡Hay que escapar!

Parecía un autómata. Empezó a avanzar lentamente con movimientos articulados, casi mecánicos, como Frankenstein. Cruzó por encima de la mesa, pero en vez de correr hacia David, se detuvo y giró la cabeza de izquierda a derecha y de derecha a izquierda. Nos observaba muy atentamente, como un gato mira a los ratones que va a destripar.

No entendíamos cómo habíamos estado a punto de consolarle. Ahora nos producía terror. Era otro. No sabíamos quién, pero no íbamos a quedarnos allí para averiguarlo.

—¡Huyamos! —dije absurdamente, pues mis amigos ya habían echado a correr, así que el tipo fue tras de mí, que era el que estaba más cerca.

Ya estaba a punto de alcanzarme, cuando otro rayo iluminó la habitación; fue como si la descarga eléctrica llegara directamente a su cuerpo. Miré hacia atrás y le vi paralizado, retorciéndose, igual que si luchara contra un enemigo invisible, y me acordé de la historia que nos contó y de aquel rayo que mató a su hermano cuando era niño. La tormenta me había salvado.

Aquellos segundos me sirvieron para escapar de sus garras y divisar a las chicas, que trotaban entre los arbustos de delante de la casa. Enseguida treparon por la parte fácil del muro. David y yo corrimos tras ellas mientras estudiábamos nuestras posibilidades de escapar: una vez que saltáramos la tapia, podríamos sentirnos más seguros.

Al echar un vistazo hacia atrás nos dimos cuenta de que aquel loco se movía como si le acabasen de dar cuerda. Venía muy rápido, mientras proseguía gritando:

—¡Mi hermano! ¡Mi hermano! ¿Qué habéis hecho con mi hermano?

David me miraba como queriéndome decir: «pero si yo no he hecho nada». Y yo le respondí, también sin palabras: «Deja las explicaciones para más adelante y corre, que hay que escapar de aquí como sea».

Los dos nos entendimos a la perfección. Hay momentos de tensión y peligro en los que no son necesarias las palabras.

El muro no parecía llegar nunca, mientras que el autómata se acercaba cada vez más. Yo miraba insistentemente al cielo, esperando que surgiera otro relámpago en mi auxilio, pero la tormenta se estaba alejando.

—¡Vaya!

Ya teníamos el muro al alcance de la mano. Hicimos un último esfuerzo, y sin saber bien dónde poníamos los pies, nos encaramamos en la pared y saltamos al otro lado, como si fuésemos unos verdaderos deportistas.

—¡¡Salvados!! —chillamos.

—¡Tranquilos! —dijo Belén, que estaba con Cris esperándonos al pie del muro—. No creo que sea capaz de saltar con ese disfraz que lleva.

Y ya más relajados, avanzamos hacia la izquierda, en busca del camino de nuestra llegada. No habíamos dado ni siete pasos cuando escuché cómo se abría la entrada exterior de la casa, aquella puerta de hierro, atada con unas cadenas oxidadas.

No nos quedamos a averiguar quién salía de allí. Ya lo sabíamos. Así que volvimos sobre nuestros pasos y echamos a correr en dirección contraria al camino conocido, y seguimos corriendo sin dejar de volver la cabeza hacia atrás.

Fue un error de principiantes.

Andábamos tan pendientes de nuestro perseguidor que no supimos mirar adelante. De pronto, el camino quedaba cortado y comenzaba una cuesta muy inclinada, cuyo final se perdía en la oscuridad.

—¡Ehh!

—¡Ohghhh!

—¡Aaaaahhh!

—¡Ay!

Como si fuésemos piedras, caímos uno tras otro. La última imagen que se me quedó grabada fue la de aquel tipo que se asomaba a lo alto del abismo y nos miraba, victorioso.

Después, todo fue oscuridad y magulladuras.

Tras golpearme con un tronco, que frenó mi caída, me levanté con el cuerpo dolorido (y empapado) y la cabeza confusa. Volví a mirar otra vez hacia arriba. Nuestro perseguidor, en lugar de bajar, se daba media vuelta.

Aunque podíamos necesitar ayuda, su retirada me dejó más tranquilo. Miré hacia todos los lados en busca de mis amigos, pero no se veía nada. Entre aquellos árboles, la oscuridad era mayor que en campo abierto. Esperé a que el hijo del escultor se alejara lo suficiente y empecé a gritar:

—¡Daviiiid! ¡Beléeeeeen! ¡Criiiiiiis!

Ninguno contestaba. Como no sabía qué hacer, me quedé quieto intentando escuchar alguna señal en el silencio y la oscuridad de la noche, y al agacharme me di cuenta de que en mi bolsillo estaba la linterna de Cris.

La saqué, impaciente. Para mi sorpresa, funcionaba.

—¿Cuándo cogí esta linterna? —me pregunté; la última vez la había visto en manos de aquel tipo disfrazado de estatua.

Equipado con aquella luz, me sentí tan valiente como un explorador que llega a un nuevo territorio: alumbré a mi alrededor hasta que, en la misma línea en la que yo estaba, pero más abajo, divisé un cuerpo. Corrí hacia él.

Era Cristina. Me acerqué. Se puso en pie torpemente y se lanzó a mis brazos como si hubiese visto a un cantante guapísimo. De su boca abierta salían oscuros sonidos. Al parecer se había mordido la lengua y, para colmo, también se había torcido el tobillo. Tuvo que apoyarse en mis hombros para avanzar.

Y así, juntos y despacito, fuimos bajando, de árbol en árbol, entre aquella hierba húmeda y demasiado alta que tanto fatigaba.

Nos sentamos en una piedra para descansar un rato y poner en orden nuestras ideas.

—¿Por dónde andarán Belén y David?

—O están arriba o abajo —traté de razonar con lógica—. Lo que no entiendo es por qué no nos contestan.

—Igual no pueden gritar —dijo, al fin, Cris—. Yo ya eztoy mejoz y pueeero hablar, aunque tengo que haceeelo dezpaacio y con la boooca muy abiellllta.

—¡Ya te lo noto, ya te lo noto! —dije sonriendo,

mientras veía cómo se daba masajes en el tobillo dolorido.

Al cabo de unos minutos, Cris volvía a ser la misma de siempre:

—¿Vamos a buscar a nuestros amigos? —le pregunté.

—Vale —me dijo, y sonriente añadió—: ¿Por arriba o por abajo?

—¡Bajemos! —me parecía lo razonable—. Los cuerpos suelen rodar y, cuando ruedan, caen.

Torcimos hacia la derecha ladera abajo y por fin distinguimos un bulto cerca de un árbol. Fuimos hacia allí y antes de llegar supimos que era David.

—¿No estará muerto? —me susurró Cris.

Y como si lo oyera, David levantó la cabeza, que aún le temblaba. Nos oía, pero no veía bien.

—¡Uf, qué golpe! —dijo—. ¿Qué ha pasado?

No tuvimos que explicarle nada. Al instante recordó lo sucedido, nos miró, parpadeó e, inquieto, preguntó:

—¿Y Belén? ¿Dónde está Belén?

—Creíamos que estaba contigo.

—Pues no. ¡Hay que buscarla!

Seguimos bajando y bajamos hasta que ya no pudimos bajar más. Aquella pendiente tenía un final, y el final estaba cortado como si fuese una pared.

Me acerqué con cuidado y traté de alumbrar lo que había a nuestros pies, pero la débil luz de la linternita no llegaba hasta el fondo de aquel abismo.

—¡Qué suerte hemos tenido! —dijo Cris.

—¡Ni que lo digas! —suspiró David—. Si no hubiésemos chocado con ningún árbol..., ¡pufff!

—Ahora entiendo —apunté— por qué el tipo no quiso perseguirnos por esta cuesta. Sabía que por aquí no teníamos escapatoria.

—¿Y no la tenemos? —preguntó David, pero antes de que alguien le contestara, prosiguió, con voz firme—. ¡Hay que buscar a Belén!

—Es lo que estamos haciendo —le contesté, y para calmarnos, grité de nuevo—. ¡Beléen! ¡Beléeeeeen!

Y como no respondía, ni se veían señales de ella por ningún lado, Cris, aterrada, miró hacia el abismo y dijo:

—¡No creeréis que...!

24. Buscando a Belén

Era una posibilidad, pero ninguno lo creía. No podíamos imaginar que nuestra amiga había seguido rodando hasta despeñarse por aquel precipicio. Era demasiado irreal. Así que, desesperados, volvimos sobre nuestros pasos. Estábamos convencidos de que Belén se habría quedado enredada en algún árbol y andaría inconsciente. No aceptábamos otra explicación.

—¡Por aquí ya hemos pasado! —dijo David.

—¡Tienes razón! —señalé, al ver nuestra torpeza—. No podemos andar por andar sin saber lo que hacemos.

—¿Qué se te ocurre? —dijo Cris.

Como no se me ocurría nada, le devolví la pregunta.

—¿Y a ti?

—Pues, pues... si Belén iba delante de mí

cuando nos perseguía aquel tipo, y yo caí a esa altura —señaló con su linterna—, ella debería estar... —varió el foco de luz, un par de metros a la izquierda— por aquí.

—¡Vayamos por ahí! —dijimos, esperanzados.

Comenzamos a subir lentamente, moviendo el rayo de luz para que fuera más fácil descubrirlo; de esa manera podríamos encontrar antes a Belén, aunque es posible que así llamáramos la atención de cualquiera que merodease por la zona. Y automáticamente pensamos en el hijo del escultor.

—Bah, no os preocupéis —dije, para tranquilizarnos—. Aquel tipo sólo quería asustarnos y echarnos de su casa. No creo que ande por aquí. Además, yo vi cómo se daba media vuelta.

Nada más pronunciar estas palabras, unas piedras rodantes surgieron de una parte de la montaña y empezaron a caer sobre nosotros. Por suerte, eran pequeñas.

—¡Eh!

Corrimos a protegernos detrás de un grueso tronco y apagamos la linterna.

—¡Hay alguien! ¡Arriba hay alguien!

—¡Subamos! —dijo Cris.

—¿Y si es el loco? —pregunté.

—Pues no subamos.

—¿Y si es Belén? —insistió David.

No sabíamos qué hacer y no hicimos nada; pero como no podíamos estar así indefinidamente, a Cris se le ocurrió un plan: buscamos tres árboles bien separados, nos colocamos detrás y comenzamos a gritar:

—¡Belénnnnnnnn!

Si no era Belén la causante del desprendimiento de las piedras, el enemigo, al oír voces desde distintos lugares, no sabría cómo localizarnos. Y si era Belén, pues...

—¡Criiissss!... ¡Daviiiiiiiiiid!... ¡Álvaro!

¡Era Belén, no había duda!

Había reaccionado tal como habíamos planeado y nos llamaba desde arriba (aunque no se la veía). Lo que no entendía era por qué había gritado mi nombre en último lugar. La conozco antes que David.

—¡Baja!

—¡No, subid vosotros!

Nos asustamos. Pensamos que estaría lesionada y no se podía mover, pero al llegar hasta ella comprobamos que se encontraba perfectamente. Y vimos algo más.

—¿Eso qué es? —le pregunté, enfocando lo que había detrás.

—Ah, la entrada de una cueva —señaló, como si le resultara familiar.

—¿Una cueva? —dije, sorprendido—, pero si apenas es un agujero.

—Ya, pero en cuanto entras, se hace grande y puedes andar por ella perfectamente. La he explorado sólo un poco, porque esto —dijo, señalando un llavero de calavera fosforescente— no da demasiada luz, pero sirve para apañarte.

—¡Se lo regalé yo en su cumpleaños! —apuntó David, orgulloso—. ¿Verdad que es útil? ¡Y adorna mucho!

Allí, en mitad de la cuesta, sobresalía una roca, y debajo de ella, tapado por unos arbustos, se abría un pequeño hueco en la montaña, no mayor que la entrada de la guarida de unos lobos. Nadie hubiera imaginado que aquello era una cueva.

—Entré en ella para esconderme por si nos perseguía el pirado ese de la casa. He estado dentro un rato y luego he salido a ver si os localizaba.

—¡Qué bien, ya estamos los cuatro juntos! —suspiró David, extendiendo sus brazos para abarcarnos—. ¡Y enteros!

—¡Es cierto! —añadió Belén—. ¿Qué hacemos ahora?

—No podemos continuar hacia abajo —le explicó Cris—, pues la pendiente se corta de repente y hay un abismo tremendo, ¡no te lo imaginas!, así que sólo tenemos un camino: hacia arriba.

—¿Estás loca? —señaló David—. ¿Para encontrarnos con el majara?

—Podemos esperar a que se haga de día —sugerí—. ¿Qué hora es?

—Tengo una idea mejor —a Belén le brillaban los ojos—. ¿Todavía funciona bien la linterna?

—Tengo pila de repuesto —le informó Cris.

—¡Genial! —Belén se animó—. Vamos a intentar escapar por aquí —y señaló aquella pequeña entrada.

Los tres la miramos como si nos estuviera tomando el pelo, pero no era una idea tan descabellada.

—Bueno, podemos pasar ahí la noche —dije—. ¿Estás segura de que no hay lobos?

—Estoy segura de que esa cueva nos llevará a alguna parte —afirmó Belén, convencida—. No vi luz, pero sentí una corriente de aire, así que... ¡no hay ninguna duda!

En condiciones normales, nunca hubiéramos entrado en plena noche en una cueva desconocida, pero nos sentíamos envalentados y atrevidos por haber escapado de aquel tipo y haber sido capaces de sobrevivir a una terrible caída. Además, después de habernos perdido, estábamos otra vez los cuatro juntos, lo que nos daba un valor y una fuerza extras.

Mirando al cielo, que volvía a rugir, como si anunciara una nueva tormenta, dijimos, unánimes:

—¡Vamos!

Entramos agachados por aquel hueco, que se ensanchaba nada más entrar y cabíamos perfectamente los cuatro de pie. Las paredes debían de ser de una tierra impermeable, pues a pesar de la lluvia intermitente de toda la noche, allí no había ni rastro de humedad. Al contrario, parecíamos estar en otro mundo.

—¿Es muy largo esto? —preguntaba David, al que no le gustaban demasiado las cuevas.

—No lo sé, pero no hay de qué preocuparse. ¿No notáis la corriente de aire, como os dije? —preguntó Belén, extendiendo su mano.

Apenas había pronunciado estas palabras cuando descubrimos que la cueva se dividía en dos caminos y la corriente de aire procedía de ambas direcciones.

—Habrá más de una salida —observó David.

—Ya lo vemos —le dije—, pero ¿cuál es la buena?

25. La cueva en mitad del abismo

Nos detuvimos ante los dos caminos y los observamos con atención bajo la luz de la linterna: el uno ascendía y el otro bajaba ligeramente.

—¡Ése! —apuntó David, señalando el de la derecha—. Si subimos y subimos, antes o después apareceremos en algún lugar abierto; pero si bajamos... ¡Uf!, no me apetecería llegar hasta el centro de la tierra.

Le hicimos caso.

No habíamos andado ni veinte pasos cuando el túnel empezó a estrecharse y a dar vueltas, como la escalera de caracol de la torre de una iglesia.

Me daba la impresión de que aquella parte, en vez de una cueva natural, era un pasadizo construido hace un montón de años. No quise preguntarme para qué, y ni siquiera comenté nada a mis amigos, pero no fui el único que tuvo esa sensación. Cris, que iba la primera, se detuvo y se giró hacia nosotros.

—Creo que este túnel conduce a... ¡la casa!

—¿A la casa del fin del mundo? —preguntó David, innecesariamente, y fue como si nos quedáramos paralizados.

Todos dimos un paso atrás, salvo Belén, que ante nuestras dudas tomó la linterna y se puso en cabeza de la marcha. No podíamos perder tiempo.

Al cabo de varias vueltas, se frenó y nos miró con gesto preocupado.

—¡Tenías razón, Cristina! —dijo, y cuando la alcanzamos, iluminó lo que tenía delante.

El pasadizo se hacía tan amplio como una habitación, y en la pared de enfrente sobresalía una estatua esculpida en la misma piedra: era una mujer con el vientre abultado.

—¡La madre de los gemelos! —dijo David, y luego, cuando pensó mejor sus palabras, se echó hacia atrás.

—Ya os lo advertí. Debemos de estar debajo de la casa —señaló Cris—. Y ésa es la entrada secreta. ¿Qué hacemos?

No nos apetecía volver a ver al hijo del escultor,

pero no sabíamos hasta dónde llegaría el otro camino. Así que nos acercamos a la estatua, tratando de descubrir un resorte que abriera esa entrada secreta.

Había tanto silencio que Cris, que tenía el oído pegado al vientre de la estatua, percibió el eco de unos pasos al otro lado.

—¡Hay alguien! ¡Alguien se acerca! —repitió, separando bruscamente su cabeza de la estatua.

—¡El loco! —y echamos a correr, pasadizo abajo.

Ya no teníamos ninguna duda de nuestro destino.

En menos tiempo de lo que se tarda en pensarlo, alcanzamos el punto de partida y nos internamos por el otro camino, que daba vueltas y vueltas en sentido descendente, y así seguimos durante un buen rato.

—¿Hasta dónde vamos a llegar? —se quejó David—. Ya estoy mareado.

—¡Aguanta! —le animó Belén, que continuaba en cabeza del grupo y se detuvo en ese instante—. ¡Ya se acaban las curvas!

El camino dejaba de retorcerse y ante nosotros apareció un túnel espacioso, aunque seguíamos ignorando dónde terminaba. Cris lo iluminó con un rayo delgado y fino, como las luces largas de los coches, pero aquella luz no chocó con ninguna pared, sino que se perdía en un fondo gris, brillante e indefinido.

—¿Eso es el cielo?

—¡No puede ser!

Pero lo era. La cueva acababa en un precipicio, muy por encima del suelo. Ni siquiera se divisaba la oscuridad de los árboles.

Avanzamos con el cuerpo pegado a la pared, y con mucho cuidado asomamos la cabeza por aquella salida impracticable. Estábamos colgados.

—Hummmm —calculó David, alargando el cuello—. Estamos a la altura de un cuarto, como el piso de mi tía.

Amanecía.

La claridad un poco sucia se notaba ya en el horizonte.

Nos apoyamos en la pared, mirando el paisaje que se iba dibujando al otro lado de la cueva. Nadie abría la boca. Sólo andábamos muy pendientes de cualquier pequeño ruido. Al no oír nada, supusimos que habíamos escapado definitivamente del hijo del escultor.

—¡Estamos a salvo! —suspiró Cris.

—Sí, menos mal —dijo David—, pero ¿cómo volvemos al pueblo?

Sólo había tres posibilidades: el precipicio del final de la cuesta, la cueva colgada en mitad del abismo o... ¡volver a casa por el camino por el que habíamos venido! Ésta era la única vía, pero seguía siendo muy peligrosa y agotadora: tendríamos que subir la pendiente por la que caímos rodando, luego cruzar la casa del fin del mundo sin ser vistos y... En fin, sólo con pensarlo, ya se nos quitaban las ganas de actuar.

Cris, que daba vueltas por la boca de la cueva, observó en el suelo algo que le llamó la atención.

—¡Mirad! ¡Estos hierros deben de estar aquí por algún motivo!

Belén corrió hacia ella y nada más verlos clavados en la tierra supo para qué servían y comenzó a buscar en los huecos de alrededor.

—¡Eso es! —dijo satisfecha, y entonces nos sorprendió con una escalera de cuerda, como las que se emplean para descender por ciertas simas profundas—. ¡Aquí está nuestro camino de salida!

Corrió hacia los hierros y sujetó en ellos un lado de la escalera, mientras la desenroscaba y lanzaba al vacío el otro extremo de la escalera de cuerda.

—¡Esto es tan seguro como un ascensor! —y preguntó—: ¿Alguien quiere ser el primero en descender?

Nos miramos los unos a los otros, sin decir nada.

—¡Las damas primero! —sugirió por fin David.

—¡Está bien, si no os animáis, empiezo yo! —dijo Belén.

—Yo, segunda —clamó, inmediatamente, Cris.

—No, yo —le cortó David.

—Pues yo no quiero quedarme el último.

Nos lo jugamos a piedra, papel y tijera, y perdí.

Una vez que bajó Belén, sujetó la punta de la escalera desde abajo y a Cris le resultó más sencillo descender. Tampoco tuvo problemas David, que comprobó que no estábamos tan altos como creía.

Únicamente yo me sentía inquieto. De repente, me había quedado solo en aquella cueva desconocida, y me lamenté de mi suerte. Siempre perdía a piedra, papel y tijera. Miraba hacia atrás, preocupado, y miraba a David, que bajaba mucho más lento que Cris. Se diría que disfrutaba.

—¡Esto es mejor que el parque de atracciones! —exclamó, mientras se balanceaba, como si aquello fuera un columpio.

—¡Vamos, David! —insistí, cada vez más nervioso.

Acababa de oír unos ruidos y no estaba para enfrentarme yo solo con lo desconocido.

Sin esperar a que David pusiera los pies en tierra, me lancé a la cuerda y empecé a bajar, pese a los gritos de Belén, que me decía que la escalera no aguantaría el peso de los dos.

Por suerte, David reaccionó con rapidez, se olvidó de los peldaños que le faltaban y saltó directamente al suelo mientras gritaba:

—¡Estás loco!

26. Reencuentro final

Cuando pisé tierra, Belén hizo un extraño movimiento y la escalera de cuerda se retorció y cayó a nuestros pies.

—¡Por si acaso! —comentó—. Es para que nadie nos siga por aquí.

—¡Qué bien, Belén, le has cortado el paso! —dijo David, entusiasta—. Ahora sí que estamos de verdad salvados —lo pensó un momento, y añadió—: pero ¿dónde estamos?

—Desde luego este paisaje no tiene mucho que ver con el que hemos dejado atrás —señalé yo, mirando a mi alrededor.

—Es cierto —añadió Cris—, pero a mí éste me parece más real, más familiar, más reconocible que el de esa casa...

—La casa del fin del mundo —concluyó David.

—Bueno, tampoco hay que exagerar —trató

de razonar Belén—. Estaba en un lugar escondido. Ya habéis visto que subimos bastante rato antes de llegar. Pero no hay que fiarse. Las montañas despistan mucho, y más por la noche. Puede que estuviéramos dando vueltas.

—¡No lo creo! —la contradije.

—¿Y ahora qué hacemos? —preguntó Cris.

—Bueno, pues como ya está amaneciendo y podemos ver lo que hay por aquí, lo mejor será que avancemos hasta encontrar algo conocido. ¿No os parece? —dijo Belén, que era nuestra mejor exploradora.

—¿Andar más? ¿Después de todo lo que hemos pasado? —se quejó David.

—Bueno, ¿si preferís quedaros aquí esperando?

—No, no, vámonos —reaccioné rápidamente.

Recordaba los ruidos que había escuchado y miré hacia la entrada de la cueva. Estaba en lo alto, pero desde allí éramos un blanco fácil.

—¡Pues venga, chicos, comencemos a andar! —sugirió Cris—. ¿Qué te parece, Belén, si vamos por ahí?

—Vale, a ver si damos con algún camino que podamos seguir.

—Claro —añadió David, más animado—. Todos los caminos conducen a alguna parte.

Pero su optimismo no tardó en desinflarse.

Por más vueltas que dábamos, no hallábamos ni la más mínima huella de algo que pudiera parecerse a una senda, pista, vereda... Ni siquiera, antiguas vías tapadas por la vegetación. Y si no había caminos, quería decir que por allí no pasaba nadie.

—¡No lo entiendo! —señaló Belén, contrariada—. Esto no es el desierto. ¡No debemos de estar tan lejos de algún lugar habitable!

—Ahora sí que nos hemos perdido. Somos unos náufragos en mitad de esta tierra fantasma que nadie conoce. ¿Adónde vamos a llegar así? —suspiró David, alzando mucho los brazos, como si estuviera interpretando una obra de teatro antiguo.

Y nada más acabar su monólogo, se sentó en una piedra plana.

—¡Hagamos un descanso! —propuso Belén, y

ella y Cris se quedaron al lado de David y comenzaron a mirar a su alrededor.

Yo permanecía de pie, observando el paisaje que nos rodeaba. Había una colina cerca, así que, sin pensarlo dos veces, dije:

—¡Esperadme! ¡Ahora vuelvo! —y eché a correr hacia aquel montículo.

Estaba seguro de que desde allí podría descubrir algo que nos ayudara a orientarnos.

La colina no era alta, pero su cima era tan amplia como una explanada y había muchos árboles que desde abajo no se divisaban. En esas condiciones no se podía ver lo que había al otro lado.

—¿Qué hacemos? —me dije en voz alta.

Andaba con esta duda cuando comencé a oír unos ladridos lejanos. Al principio era como si se oyesen sólo en mi cabeza, pero poco a poco se hicieron reales y sonaban cada vez más fuerte.

Se estaban acercando, aunque no sabía desde dónde. Era tal la impresión que por un segundo temí que no fuesen ladridos, sino aullidos de lobo. En España todavía existen; lo estudié en el colegio.

Ante esa terrible posibilidad, trepé rápidamente a un árbol, y seguí subiendo hasta las ramas del segundo piso, con el fin de que no se me viera desde abajo. Confiaba, así, en despistar al perro (o al lobo) que anduviese por allí.

Los aullidos se escuchaban cada vez más cerca y, de pronto, dejaron de oírse.

Traté de no moverme de la rama.

Había tanto silencio que sentí la respiración de un animal al pie del árbol. Allí debajo (no me atreví a mirar) estaba el monstruo de los ladridos. Quise trepar una altura más y, cuando me di la vuelta para hacerlo, oí a mis pies:

—¡Álvaro! ¡Álvaro!

Miré hacia abajo. Entre las ramas y las hojas identifiqué una cara que conocía bien.

—¡Fernando! —exclamé, como si no me lo creyera, y al instante apareció una nueva figura—. ¡Erika!

—¡Al fin te hemos encontrado! —dijo Fer—. Pero ¿dónde están Cristina y los demás?

—¡Ahora vamos a buscarlos! —suspiré—. ¡Qué sorpresa se van a llevar!

Bajé cuidadosamente mientras la hermana de Belén acariciaba a aquel perrazo, que ya había dejado de ladrar y me lamía las manos con su asquerosa lengua llena de babas.

—¡Pero si es...!

—¡¡Ahora es mi perrito!! —dijo, y añadió—: Álvaro, te presento a tu salvador, aunque creo que ya os conocéis —y se rió.

—Ya sé, Erika; sí, ya sé que es un baboso, ¡puaff!

—¡No insultes a mi perrito! —dijo, le acarició el lomo y le hizo un gesto con los labios, como si le diese un beso.

—¡Loca! —suspiré al mirar a Erika, pero me alegré de que estuviera allí, y aún más cuando vi que el resto de mis amigos corría hacia nosotros con los brazos abiertos.

—¡Oh, qué perro tan bonito! —exclamó Cris en cuanto llegó.

—¡Fernando! ¡Erika! ¡Qué sorpresa! —Belén les dio un fuerte abrazo—. ¿Cómo nos habéis encontrado?

—Por éste —dijo Fernando señalando al perro.

Entonces Erika nos explicó que el animal había olido el pañuelo lleno de babas que le había dado yo aquella misma tarde e inmediatamente se había puesto a buscarme.

—Es muy listo mi perrito —dijo la hermana de Belén, acariciando su enorme lomo—. ¿Ves, Fernando, como al final los hemos encontrado?

—Sí, sí, ya lo veo, pero no sabéis lo torpe que parecía este animal al principio. Llevamos media noche dando vueltas. No sé bien cómo os ha seguido la pista, porque hemos ido por todas las direcciones posibles y hasta por las imposibles. ¡Qué aventura! —y se echó las manos a la cabeza, orgulloso—. Hubo un momento en el no se movió de un metro cuadrado. Uff, no paró de dar vueltas en redondo. Creo que hizo un hoyo.

—¡Es que estaba pensando! —le justificó Erika.

—¿Pensando durante cuarenta minutos? —dijo Fernando—. ¡Lo sé bien porque los cronometré con mi reloj!

—¡Estaría buscando el satélite! —apuntó David.

—Creía que este perro estaba loco —siguió contando Fernando—: primero nos llevó lejos de los dos pueblos, luego siguió dando vueltas sin saber bien lo que hacía, y al final empezó a subir y subir... ¡Menos mal que no le seguimos! Cuando pensábamos que lo habíamos perdido, bajó hasta nosotros moviendo el rabo, como si desde la altura hubiese adivinado el camino, y desde entonces no ha hecho más que correr y correr hasta llegar a este lugar.

—¿Y cómo se te ha ocurrido venir a buscarnos? —preguntó Cris.

—¡Se aburriría en la verbena sin nosotros! —señalé yo—. ¿A que no había ninguna chica que te hiciera caso?

—¡Como siempre! —se burló David.

—Estaba preocupado por vosotros. ¿O es que no puedo? —dijo mirando a Cris y bajando los ojos; luego se justificó—. ¡Erais mis invitados y estabais bajo mi responsabilidad!

—¿Y por qué le tomaste el pelo a David con lo de la casa? —le pregunté.

—¿Qué casa? —dijo, aturdido—. ¿Ah, la casa con el muro de piedra?... No hay ninguna casa así por aquí, y me conozco bien la zona. Yo no os he gastado ninguna broma. Creía que era David el que lo hacía. ¡Ya sabéis cómo es!

—¿Cómo soy? —preguntó David, lleno de curiosidad.

—¡Cállate! —le cortó Belén.

—Al darme cuenta de que su móvil no funcionaba, llamé a Belén, pues a ti ya te había llamado, y luego a Cris... Ningún teléfono contestaba. Volví a insistir, y entonces Erika cogió el aparato de su hermana. Hablamos, llegué en veinte minutos a vuestro pueblo y nos pusimos a buscaros sin decir nada a nadie. ¡Vuestros padres creen que estáis todos en mi casa!

—¡Y que me ha invitado a mí también! —anunció Erika, poniéndose de puntillas.

—Entonces —pregunté—, ¿no estamos lejos del pueblo?

—¿De cuál, del vuestro o del mío?

—Da igual.

—Pues un poco lejos sí estamos. ¡No sé cómo os habéis desviado tanto! Nos espera una buena caminata.

—Tranquilo —añadió Erika—, que con el GPS de mi perrito no nos perderemos nunca.

—¡Estoy muerto! —dijo David—. Cuando llegue a casa de Fernando, voy a tirarme en la cama y no me levantaré en cien años.

—¡No hay muchas camas! —nos recordó Fernando—. He puesto todos los colchones en el suelo del salón, así podremos ver alguna película antes de dormir. ¿Qué os parece?

—¡Genial! —saltó David, que en esos momento parecía que se había olvidado ya de todo lo que habíamos pasado—. ¿No tendrás la peli de las calaveras carnívoras? Me la bajé de Internet, pero mis padres no me dejan verla.

Epílogo

Estábamos tan agotados que no pusimos ninguna película. Llegamos al pueblo cuando ya había amanecido completamente y nos dormimos al instante.

Me desperté pasado el mediodía. Mis amigos de aventuras seguían roncando. Sólo faltaban Erika y Fernando, así que decidí salir a buscarlos para hablar con alguien. Mientras tanto, me puse a recordar todo lo que nos había ocurrido la noche anterior.

En aquellos momentos me resultaba tan absurdo e irreal como si lo hubiese soñado. Sin embargo, no sólo había sido una apasionante aventura, sino que me había permitido comprobar lo unidos que estábamos y lo bien que nos lo pasábamos juntos, David, Cris, Belén y yo.

—¡Somos una verdadera pandilla! —me dije.

Y si éramos una pandilla, deberíamos tener un nombre, así que empecé a pensar en cuál podría ser.

El primero que se me ocurrió fue «La banda de Álvaro», pero lo deseché, a mi pesar, pues sabía que los demás no lo aceptarían.

Proseguí dando vueltas al asunto, y como ya me había recorrido el pueblo y no encontraba a Fernando (ni siquiera a Erika y su perro), regresé a la casa. Nada más entrar me llegó la inspiración.

—¡Eh, chicos, somos Los Sin Miedo! —les anuncié, muy animado.

Mis amigos, que ya se habían despertado, seguían torpes, ausentes, casi sonámbulos, y no me debieron de oír. Así que, una vez que me aseguré de que estaban atentos, repetí:

—¡Somos Los Sin Miedo!

—¿Quéeeeee? —las chicas me miraron sin comprender de qué hablaba.

David, que acababa de abrir los ojos, creyó que seguía soñando y, ante tan absurdo despertar, dijo:

—¿Sabéis lo que he soñado?... Que nos perdíamos en una casa que estaba en el fin del mundo. ¡Y cómo llovía!

Le miramos confundidos. No estábamos seguros de si nos estaba tomando el pelo o lo decía tan convencido como parecía.

—Y lo peor —continuó— es que perdía allí mi móvil, mi flamante móvil que... —empezó a tantear a su alrededor—. ¿Dónde está? ¿Quién me lo ha cogido?

—¡Estuvimos en esa casa, tonto! —le recordó Belén.

—¿Qué casa? —dijo Fernando, que acababa de entrar—. ¿La casa de la que me hablasteis anoche?

—¡Claro! —dije muy serio, y nadie se rió—. La casa existe de verdad.

Finalmente, al darse cuenta de que no se trataba de una broma, Fernando empezó a interesarse por nuestra historia.

—¿Cómo era realmente la casa?

—Es muy complicado describírtela —dijo Cris—. Era de noche, muy de noche, sólo vimos una parte y la verdad es que todos estábamos un poco asustados.

—¡Yo, no! —intervino David.

—¡Cállate! —le cortó Belén.

Entonces Cris le contó lo de aquella extraña cocina, que en realidad era el cuarto de un escultor, con su mesa de trabajo y su enorme horno para cocer las piezas, las herramientas que tomamos por instrumentos de tortura, la ventana con rejas, el jardín con cipreses, el cuadro del salón y las cuatro estatuas de los niños, aunque una había desaparecido de su pedestal...

—¡Luego la encontré yo! —intervino David—, y había un cadáver dentro.

—¡Cállate! —repitió Belén.

—¡Ah, la casa del artista loco! —exclamó Fernando sin demasiado entusiasmo.

—¿Así que la conoces? —le pregunté.

—No exactamente. Era una casa perdida en lo alto de un monte, en un lugar muy escondido, al que era muy difícil llegar porque el camino estaba cortado y había que cruzar un bosque, pero había unas escaleras de madera que se tragó la tierra... ¡No sé! Algunos chicos del pueblo me han contado algo, pero todo es muy confuso, misterioso y contradictorio. Al parecer, por aquí a nadie le gusta hablar de ese asunto. Creía que era una de esas historias oscuras que hay en los pueblos y que no sabes si son reales o sólo imaginaciones de la gente del lugar.

—Pues existe. Nosotros estuvimos allí.

—¡Qué raro! Había oído que la casa fue destruida por un rayo, pero no sé, no hay nada claro.

Mientras hablábamos, mi cabeza empezó a divagar por su cuenta. De pronto comprendí casi toda la historia. O eso creía. Había algunos cabos sueltos que debía averiguar.

—¿Qué has oído del escultor?

—Nada, sólo lo que os he contado: que era un tipo muy raro, que le dejó su mujer. Luego se volvió loco y... ¡no se sabe más! Un día lo encontraron muerto y, como nadie lo reclamó, lo enterraron en el cementerio de vuestro pueblo.

—¿Y su hijo?

—¡Ah, sí, tenía un hijo!, me había olvidado. Se fue a vivir a la ciudad y nunca más se supo de él.

—Hummm —suspiré.

Todo empezaba a encajar, y así quise explicárselo a mis amigos.

—Aquel tipo que David vio en el cementerio, cuando salimos del pueblo en las bicis, ¿os acordáis?, sería el hijo del escultor, que estaría poniendo flores a su padre.

—¿Seguro?

—Claro, por eso se escondió en cuanto se sintió descubierto. Fernando nos acaba de decir que nadie sabe nada de él. No le gustará que lo vean.

—¡Es cierto, Álvaro! ¡Qué listo eres! —exclamó Cris, admirada.

—Bueno, tampoco ha descubierto América —dijo Fernando, tratando de quitar importancia a mi hallazgo—. ¿Tanto os interesa esa historia del escultor loco?

—¡Es que hemos estado en su casa! —insistió Cris.

—Pues, pues... creo que mi padre conoció a su hijo. Alguna vez le he oído comentarlo con algún vecino. No estoy muy seguro. En cuando yo aparecía, cambiaban de tema, pero creo que coincidieron en la escuela. No sé mucho más —y mirando a Cris, añadió—: ¿Queréis que lo averigüe?

—Ya está —dije yo, como si hubiese adivinado la solución de un problema en un examen—. Ahora tiene sentido. ¡Gracias, Fernando!

—¿Qué tiene sentido? —David no se enteraba de nada.

No era el único. Todos estaban pendientes de mis palabras, pero creo que no fui muy claro al comenzar:

—No se me había ocurrido pensar que los padres también han sido hijos...

—¿Qué quieres decir?

—Y los hijos —seguí con mis deducciones— se parecen a los padres. ¿No es cierto?

David se acordó de su padre, que era calvo, y arrugó el gesto, contrariado.

—¡Espero que no!

—¿Os acordáis de la estatua de la niña que se parecía a alguien que yo había visto?

—¡Cómo olvidarlo! —suspiró David—. ¡Te pusiste tan pesado!

—Aquella niña de la estatua no era la misma chica que vi ayer en el pueblo. Ahora lo veo claro.

—Eso ya lo sabíamos nosotros —señaló Belén.

—¡¡¡Era su madre!!!

Fue un verdadero golpe de efecto. Todos se quedaron con la boca abierta.

—Es cierto —intervino Cris, que seguía muy interesada en mis palabras, mientras Fer nos miraba a todos como si estuviéramos locos—. Las madres y las hijas, a veces, se parecen mucho. Mi madre, de niña, era igual que yo. Tengo una foto que...

—¡Seguro que vestía como vistes tú ahora! —bromeó Belén.

—Así que la niña de la estatua y la madre de la chica del pueblo son la misma —David también quería intervenir en la solución de aquel misterio—. Eso quiere decir que esa madre es... ¿Cómo dijo que se llamaba la chica que le gustaba al hijo del escultor?

—¡Inés! —Belén se acordaba bien—. Isabel era la otra, la que estaba con el hermano que se mató.

—¿Qué os parece si un día vamos a casa de la chica que vi ayer y preguntamos a su madre por esta historia? —sugerí—. Seguro que ella conoce los detalles.

—¡Y puede que aún se vea con el escultor a escondidas! —imaginó Cris—. ¡Qué emocionante!

Fernando nos observaba como si estuviera viendo una película subtitulada en chino. No comprendía nada.

—Pero ¿de quién habláis?

Estábamos tan entusiasmados con nuestro descubrimiento que ni siquiera nos dábamos cuenta de su presencia.

En esos momentos entró Erika con su perro, al que yo había bautizado con el nombre de Sabab y que enseguida empezó a dar vueltas y enredar por la sala.

—¡Sacadle de aquí! —clamó Fer—. Mi madre no aguanta los perros en casa.

Y así, entre descubrimientos y persecuciones al perrazo de Erika, pasó la mañana, y aún teníamos toda la tarde y la noche para disfrutar de las fiestas del pueblo de Fernando, a las que iría la gente de la zona.

Quizá allí veríamos a Inés, la madre de la misteriosa niña que vi, y las chicas aseguraban que también pasaría por allí el hijo del escultor, aunque disfrazado, pues seguía enamorado de ella.

—¡Ya verás como lo descubrimos! —se decían Belén y Cris, que parecían las mejores amigas del mundo, aunque una vistiese como una señorita y la otra como una deportista.

Aquella excursión nocturna, tan accidentada, nos había marcado. A partir de entonces Los Sin Miedo iban a salir siempre con las bicicletas a punto, todos sus móviles cargados y un par de linternas como mínimo. Y sé que algún día volveríamos bien preparados, y con luz, con mucha luz, a plena luz del día, a aquella casa del fin del mundo.

No tenía duda, pues el más difícil de convencer ya estaba dispuesto:

—Quiero recuperar mi móvil último modelo —insistía David—. ¡Tenemos que volver a la casa del fin del mundo!

*A mi hijo David Plaza, que me ha inspirado
el personaje de David y casi puedo reconocerlo
en las páginas de esta serie.*

*A Reina Duarte, sin cuya fe, entusiasmo, empuje
y alegría no hubiera sido posible esta serie,
que tanto le debe.*

Si te ha interesado este libro

y quieres ponerte en contacto con el autor,

escríbele a: **laesperajmp@yahoo.es**

Puedes enviarle tu opinión sobre esta aventura

de Los Sin Miedo, así como los temas sobre los que

te gustaría leer en los próximos títulos

de esta colección.

También puedes consultar su blog:

www.serielossinmiedo.blogspot.com

No te pierdas la siguiente

aventura de Los Sin Miedo